U0006163

GOBOOKS
& SITAK
GROUP©

GOBOOKS & SITAK GROUP©

三日月書版

三日月書版

小丑魚 著
炬太郎 繪
4
怪談病院
PANIC!
輕世代
FW282
三日月書版

怪談病院 PANIC!

第一章　童話事件（一）……………………013

第二章　童話事件（二）……………………025

第三章　童話事件（三）……………………031

第四章　童話事件（四）……………………041

第五章　童話事件（五）……………………051

第六章　童話事件（六）……………………061

第七章　童話事件（七）……………………071

第八章　童話事件（八）……………………083

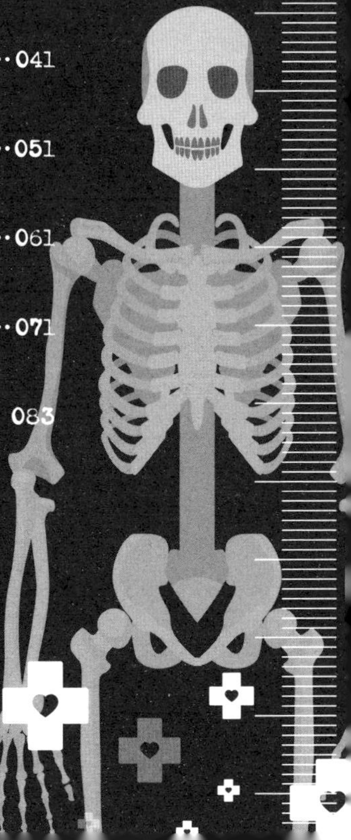

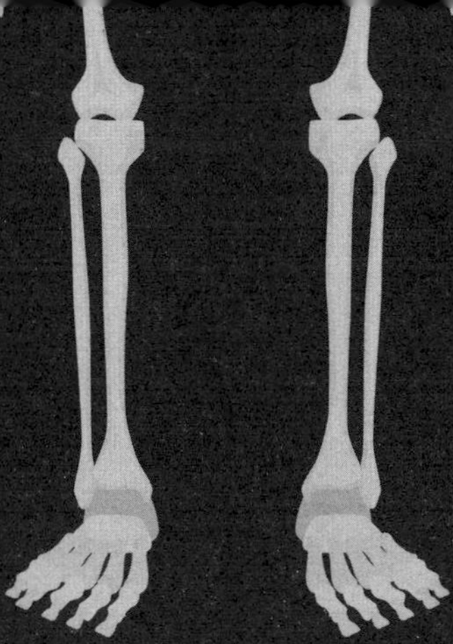

目錄
CONTENTS

第九章　童話事件（九）……………………093

第十章　童話事件（十）……………………103

第十一章　童話事件（十一）………………119

第十二章　童話事件（十二）………………133

第十三章　童話事件（十三）………………163

第十四章　童話事件（十四）………………179

第十五章　童話事件（十五）………………203

第十六章　童話事件（十六）………………231

CHARACTER FILE
玄罡
身分：地府的鬼差組長
性格：死要錢
愛好：錢
Profile
全身上下華麗閃亮，具備天怒人怨的帥氣度、渾身上下散發著尊爵蓋世的貴族氣質，完全不輸當紅偶像明星，擁有深不可測的能力，特徵則是，舉手投足都要錢，與依芳有著不尋常的關係。

CHARACTER FILE

依芳

身分：新進護士
性格：安靜內斂
愛好：睡覺、偶像劇

Profile

綠豆的學妹，家有天師阿公卻對玄學相當兩光，雖然具備某些天師特質，但是對於靈異事件相當冷漠，沒有耐性又不可靠，不得已靠著零零落落的玄學知識闖天下。

CHARACTER FILE

孟子軍

身分：刑事組組長
性格：有正義感、善良
愛好：公仔、狗狗

Profile

人高馬大卻是動漫迷，且是愛狗人士，非常寵家中的黃金獵犬。對於不可思議事件有著強烈好奇心。在一次詭異案件中認識綠豆和依芳，進而見識到兩人異於常人的能力。

CHARACTER FILE

綠豆

身分：護士
性格：大而化之、熱心助人
愛好：帥哥

Profile

醫院的老鳥，依芳的學姐，常常熱心過了頭，總是拖著依芳下水，卻也因為一連串的事件激發了自己的潛能，不但具有陰陽眼，並且磁場與陰間的朋友相近，具備和鬼魂溝通的能力。

第一章　童話事件（一）

「阿啪！妳搞什麼鬼？竟然給我遲到！」原本安靜的內科加護病房突然傳來一聲揚著怒火的嗓音，綠豆一臉鐵青地站在單位護理站，兩隻眼睛盯著門口的方向，指著推開單位大門、狼狽又邋遢的阿啪的鼻子大叫。

時鐘的長短針全指向十二，雖然上班時間的確是十二點沒錯，不過總需要提前半小時清點單位內的器材和交班，好讓前一班的同事能準時下班，這是單位不成文的規定，也是不用特別交代就應該知道的禮貌。

只見剛推開門的阿啪一臉急驚風，半長不短的頭髮胡亂地綁成馬尾，身上除了一件簡單的T恤和一件及膝的阿婆短褲，腳下竟然一腳穿著涼鞋，一腳穿著二十元藍白拖……

雖然阿啪平時很脫線，但今天會不會太誇張了？

「妳是被鬼打到？還是被鬼追？妳連鞋子都穿錯？」綠豆臉上瞬間出現三條槓，能這樣出現在工作場合，阿啪也算是護理界第一人了，到底是誰說護士都是白衣天使？

阿啪尷尬地嘿嘿笑了兩聲，「拍謝啦！今天睡過頭，我立刻去點班！」

她手腳俐落地跑進更衣室，綠豆尾隨在她身後，故意不經意地開口道：「我已經幫妳點好了，單位內的器材都沒少，妳只要趕快換好衣服和上一班交班就行了！不過為了要感激我的大恩大德，今天的早餐就由妳包辦了！」

「知道了！知道了！妳要吃什麼都隨妳點！」阿啪換衣服的速度非常快，這是長時間遲到訓練出來的成果，但稍微不注意，踢到自己隨手放置在地上的手提包，隨即滾出一個老舊的洋娃娃。

綠豆像是發現新大陸一樣充滿好奇，蹲下來盯著洋娃娃，不斷發出「嘖嘖」聲，「阿啪，妳到底幾歲了？現在還在玩洋娃娃就算了，還帶到單位來？妳這人的怪癖還真不少！」

腳下的洋娃娃大約有手臂長，有著洋娃娃特有的塑膠材質，眼睛還會隨著移動而閉合。原本金色的頭髮因為老舊的原因，已經變成淡褐色，還參雜著少許的髒汙。身上的洋裝也顯得破爛不堪，甚至還有縫補過的痕跡，只是技術實在不怎麼樣，好好的一件衣服縫得歪七扭八，非常不協調。

阿啪趕緊撿起洋娃娃，「這是我剛剛在地下室停車的時候發現的，想拿去丟掉，但是地下室沒垃圾桶，我就帶過來了。反正它看起來也沒那麼糟，我想說洗一洗放在單位好了。如果妳喜歡的話，也可以帶回家。」

「我才不要！」綠豆一口回絕，「我小的時候看過一部電影，裡面的鬼娃娃叫恰吉，從此之後我就再也不買娃娃，尤其是跟恰吉一樣大小的娃娃。我看妳還是放在單位好了，反正上面一直說單位裡面很死板，一點都不人性化，沒有溫暖的感覺。妳把它放在單位，讓督導或主任見見我們很有人性的一面。」

阿啪站起身子，隨意地拍拍娃娃身上的灰塵，「放個娃娃而已，哪來的人性？膽子小就直說，幹嘛拖主任下水？我要快點去交班，不然上一班鐵定會恨死我。妳幫我把娃娃先拿到備餐室吧。」

綠豆接過娃娃，阿啪一溜煙就跑出更衣室了。不知怎麼搞的，綠豆突然覺得有股寒意，有種說不出的不對勁，正當她準備走向備餐室的時候，突然感覺洋娃娃的觸感好像怪怪的……

綠豆納悶地用手將娃娃的後背摸索了一遍，發現在脖子下方有個小小的圓形按鈕。綠豆想這八成是市面上常見的語音裝置，只要按下按鈕，不是發出「我愛你」的聲音，就是發出「哇哈哈哈」的笑聲。

在好奇心的驅使下，綠豆按下按鈕，娃娃果然發出了聲音，但卻不是「我愛你」或聽起來一點感情也沒有的笑聲。

「很久很久以前，有一個灰姑娘，雖然老是被後母和姐姐欺負，但最後卻在仙女的幫忙之下，和王子過著幸福的生活，他們真的很幸福！」娃娃的聲音，的確很像小女孩的聲音，只是這聲音……怎麼聽起來像在哭泣？

綠豆一聽到這聲音，嚇得差點把娃娃丟在一邊，不過立即想起市面上有一種娃娃可以錄音，難不成這就是所謂的錄音娃娃？那麼錄下這聲音的不就是娃娃以前的主人？

「綠豆！妳還在給我摸魚？還不快點過來幫病人翻身換尿布？」阿帕在外面

嚷著，顯然她以飛快的速度交完班了，正催促她快點工作！

阿啪的聲音打斷了綠豆的思緒，綠豆趕緊跑向備餐室，隨手將娃娃放在桌上，抓起醫療用的橡膠手套，準備開始一天的工作。

走出備餐室前，綠豆的眼角餘光正好掃過洋娃娃，看見娃娃好像不經意地對她咧嘴笑著……

綠豆頓了一下，又轉頭多看了娃娃一眼。

咦？娃娃還是原封不動地坐在桌上，臉上也沒有多餘的表情變化，難道是今晚沒睡飽，看錯了？

「綠豆——」阿啪叫魂似的嗓音再度衝擊綠豆的耳膜。

「知道了！妳在練喉嚨啊！」綠豆沒好氣地回嘴，心想這傢伙一點都不知道感恩，竟敢對她大呼小叫？不過抬頭看了牆上的時鐘一眼，現在已經快要十二點半了，的確必須加快腳步工作。

她狐疑地再看了娃娃一眼，娃娃無神的雙眼仍然一成不變地直視前方，看不出絲毫異狀。

綠豆忍不住嘆了一口氣，八成是和家有天師阿公的依芳在一起太久了，不然就是當年的恰吉給她造成太大的陰影，所以才會疑神疑鬼。眼前不過就是普通的洋娃娃而已，到底在擔心什麼！

她快步跑向單位，心想真正該擔心的是「賽郎阿帕」會不會又發揮命中帶旺的威力才對，她現在應該卑微地希望今晚能平安度過就好！

空無一人的備餐室徒留一室的冷空氣，靠牆坐在桌上的娃娃仍然面無表情，但卻不時傳來若有似無、詭異而奇怪的笑聲……

大夜班的工作一點也不輕鬆，不過再忙碌的工作總有忙裡偷閒的時候，只要阿帕不要發揮乒乓叫的本能，這樣大家就可以相當輕鬆愉快地度過美好的夜晚。

今晚，難得地，阿帕和綠豆竟然可以一同走進備餐室吃宵夜，暫時由嚕嚕米鎮守單位，若有緊急情況再呼叫。若不是依芳臨時被調派到高雄受訓，那麼今晚鎮守單位的職責就會落在依芳的身上了，不過現在的她應該正躺在舒服的床上睡覺吧！

眼前的兩碗泡麵正飄散著裊裊白煙和令人垂涎欲滴的香味，為了等待那關鍵的三分鐘，兩個人只好有一搭沒一搭地閒聊。

這時，阿啪突然摸了摸自己的後腦勺，摸到一個腫包，嘆一口氣道：「唉，我真的覺得我跟我阿嬤有代溝，正確來說，我們之間隔著一條長江或黃河吧！今天她看電視，說江蕙唱歌真的太好聽了，我就說『阿嬤，妳喜歡的話，我可以燒一張給妳啊！』結果我阿嬤拿起手邊的枴杖，狠狠地往我腦袋K下去！」

綠豆沒聽出哪裡不對勁，不過卻嘴賤道：「別說妳阿嬤想打妳，連我也是見妳一次就想打妳一次！大家都知道妳長著一張欠打臉，不過妳阿嬤認識妳這麼久了，應該早就習慣成自然了，但我也能體會老人家的心情，妳就當做盡孝道，反正妳什麼都很硬，尤其腦袋最硬！」

每次和綠豆對話，阿啪都懷疑自己必須到中醫診所排隊掛號，因為她總是被氣到快得內傷。不知道醫院能不能開立被氣傷的診斷書，這樣才能跟綠豆索賠精神賠償費。

「妳少在那邊胡說八道，那時候我阿嬤朝著我大叫『我還沒死，燒什麼！』搞半天，原來她不懂什麼叫做燒錄器啦！」

綠豆愣了一下，隨即哈哈大笑，這才想起來老一輩的人的確很忌諱某些字眼，平時就少根筋的阿啪不小心踩到地雷啦！

不過……經由這段對話也不難發現，綠豆跟阿啪的遲鈍也是半斤八兩。

「泡麵差不多了，難得今天很閒……」阿啪話還沒說完，就發現自己說錯話了，旁邊的綠豆則是用殺人的目光瞪著阿啪。

阿啪工作這麼久了，難道不知道醫院的禁忌就和她阿嬤的忌諱一樣萬萬不能提起嗎？難道她不知道在醫院裡面除了鳳梨和每日C之外，還有一些話絕對不能說出口嗎？例如「今天很閒」「今天沒事」「今天沒什麼病人」等等，這幾個關鍵字眼簡直就像單位的詛咒，恐怖指數不亞於魔法世界的人對佛地魔絕口不提的程度。阿啪這傢伙今晚是腦袋浸水，還是被她阿嬤打到阿達麻空固力？竟然會犯菜鳥才會說出口的蠢話！

可惜她手邊沒有枴杖，不然綠豆超想把阿啪打到忘光腦袋裡所有犯禁忌的辭彙，難怪連她的阿嬤都想打她。

「臭阿啪，個人造業個人擔啊！妳千萬別把我拖下水！」綠豆咬牙切齒地皺眉嚷著。先前就是有學妹不知死活地大放厥詞，結果那天她收了兩床病人外加病人急開刀，內科病人竟然在八小時之內緊急轉外科開刀房，這機率雖然不是沒有，不過是微乎其微，這樣都能遇到，還能說不邪門嗎？

綠豆之前對這些禁忌也是嗤之以鼻，根本不當一回事，不過自從和阿啪成為搭檔之後，她就深刻體會到什麼叫「千萬不要鐵齒」的道理。在醫院這種場合還是寧可信其有，因為太多人不信邪而導致上班差點虛脫。現在有工作經驗的醫護人員都深刻了解這些老前輩們傳承下來、卻沒有列入工作守則的規定，也絕對不會輕易壞醫院的傳統，就怕又有什麼臨時狀況。

只見阿啪漲紅了臉，又故作鎮定地端起泡麵，「有啥好怕的？我們兩個什麼場面沒見過？當初連鬼遮眼都這樣挺過來，還有什麼急救場合能難得倒我們？」

雖然話是說得很大聲，但那張猴子臉卻怎樣都掩飾不了自己的心虛。

綠豆撇撇嘴，非常不以為然，「妳別忘了，挺得住的人不在！依芳現在正在高雄受訓，萬一有什麼狀況，可沒有她出面鎮壓，妳最好自求多福。」

綠豆說的也是實話，依芳這麼多天沒有在大夜班出現，她們的心底都有說不出的彆扭。

阿啪這回識相地不再頂嘴，只能認分地低頭吃泡麵。根據她長年帶賽又說錯話的經驗看來，若她現在不趕緊爭取時間將熱騰騰的消夜吞下肚，那她今天又要淪落到吃冷泡麵的下場了。

就在阿啪和綠豆兩人不再多說廢話，埋頭吃泡麵的時候，坐在綠豆對面的阿啪猛然一抬頭，視線正好對上綠豆身後的洋娃娃。洋娃娃正坐在靠牆的桌子上，視線照理說應該正對著綠豆的後腦勺，然而阿啪卻發現，娃娃的腦袋突然以非常緩慢的速度轉向自己……

阿啪腦中頓時一片空白，懷疑自己的眼睛看錯了，但當娃娃的頭固定在直視她的角度時，猛然眨了一下眼睛。

第二章　童話事件（二）

「哎唷！」綠豆一聲大叫，徹底將阿啪從驚悚中拉了回來，「阿啪，妳今天到底在搞什麼？妳的湯都滴到我了啦！」

所有注意力都集中在娃娃身上的阿啪，突然聽見暴跳如雷的叫聲，控制不住地彈跳起來，這才發現手中的泡麵不知在何時已經傾斜四十五度角，一整碗湯全都倒在桌上，朝著綠豆的方向流竄，也難怪綠豆會哇哇大叫。

「綠……綠豆……妳看……妳看那娃娃，是不是有什麼不對勁啊？」阿啪的聲音有著明顯的顫抖，她放下泡麵，指著放在桌上的娃娃。

綠豆這時才發現阿啪的臉色蒼白，順著她的手勢望過去，發現她正緊盯著洋娃娃。

「不對勁？哪裡不對勁？」綠豆抓起娃娃，前後都看了一遍，雖然之前她確實覺得這娃娃有說不出的不對勁，不過她真的看不出到底哪裡有問題。

阿啪嚥了嚥口水，「它剛剛轉頭看我，還對我眨眼睛！」

「妳會不會太神經質啦？這娃娃動都沒動，怎可能眨眼睛？妳是不是錯亂啦？」綠豆不明白阿啪到底在緊張什麼，只不過是一個娃娃而已，有需要嚇成這樣嗎？

總而言之，這娃娃讓阿啪非常不舒服，直嚷著：「妳把娃娃放到置物櫃裡啦，我覺得放在這邊好像一直有人盯著我！」

綠豆沒好氣地翻白眼，「妳這傢伙變心跟脫衣服一樣快，剛剛還說要把它放在單位，現在就要把它放到櫃子裡。不過是個玩具，根本沒什麼好怕的，當年的恰吉也只是電影……」

雖然綠豆老愛和阿啪鬥嘴，但見到阿啪快要發飆的眼神，只好悻悻然地拉開桌子下方的置物櫃，趕緊把娃娃塞進去，嘴裡還不停地碎碎念，心想阿啪這傢伙未免太不可理喻了！

「學姐！學姐！五樓內科病房和急診剛剛都打電話來訂床！」嚕嚕米冷不妨地衝進備餐室，一臉緊張地嚷著，打斷備餐室裡凝重的氛圍。

來了來了！綠豆心裡暗暗咒罵阿啪，沒事多喝水多吃飯就好了，阿啪的嘴巴是生來造孽的嗎！沒想到威力這麼快就發作，看樣子今晚大家絕對不可能好過了。

只見阿啪無奈地聳著肩，很快便將娃娃的事情拋到九霄雲外去，趕緊洗手準備接病患了。

綠豆相當哀怨地看了嚕嚕米一眼，「把主護護士的名字掛上阿啪，這是她剛剛造的孽。」

「綠豆，妳以為我有幾雙手？我要怎麼同時接兩個病人？另外一個……」

「鈴……鈴……鈴……」單位感應門的鈴聲大響，頓時讓三個人傻在原地，一臉慌張。

「嚕嚕米，妳沒先安排將病人送過來的時間嗎？」綠豆率先快步走向護理站。

在單位裡若同時送來兩床以上的病患，必須按照病人的狀況安排先後順序，除非兩床的病患都相當緊急，那麼就必須向二樓調派人力前來支援。否則只有三名人力，不可能一口氣接兩床病人。

看著空床上除了枕頭和棉被之外，根本什麼都沒準備。一般接到訂床通知，必須給予緩衝時間準備病患需要的醫療器材，簡單的病患還好，若是遇到身上插滿管路的病患，光是準備機器就夠折騰了！

現在什麼東西都沒有準備，連空白病歷紀錄表都還沒拿出來，怎麼病人就送到門口了？

「我……我一接到電話就直接跟妳們報備，我……我忘記安排順序了！」嚕嚕米的聲音聽起來非常心虛。

綠豆實在顧不了這麼多，再怎麼說也該以病患為重，既然病患都已經到了門口，總不能不開門，只好趕緊讓阿啪和嚕嚕米分頭進行準備工作，自己則是跑上前開門。

打開門的那一瞬間，綠豆兩眼發直，嘴巴張得老大，卻始終沒有發出任何聲音，足足愣了五秒之久……

「碰！」劇烈的關門聲迴蕩在整個單位，若不是這裡沒有家屬在門外守候，加上沒有一個病患是清醒狀態，否則鐵定會被這樣的聲響嚴重驚嚇。

嚕嚕米和阿啪納悶地跑上前一探究竟，想了解到底發生了什麼事。就算綠豆再怎麼不甘願接新病人，也不可能會惡意摔大門洩憤。

兩人一跑上前，啊勒……病人呢？怎麼只有綠豆一個人站在門前動也不動？

完全沒看見病患的影子，就連應該跟過來的醫護人員也同樣一個都沒瞧見，現在到底出了什麼狀況？綠豆該不會真的一個不高興，就把他們全關在門外吧？如果這件事情呈報上去，綠豆鐵定會被護理長吊在頂樓的欄杆毒打一頓，之後再踢出醫院。

「綠豆，現在不是開玩笑的時候，快點把門打開吧！」阿啪急忙跑向大門，準備刷開大門的當下，綠豆卻猛然抓住阿啪，一臉凝重地低聲道：「千萬、千萬不要開門！」

第三章　童話事件（三）

媽媽咪呀！一見到綠豆這神情和她說話的語氣，阿啪整顆心像是被提了起來，四處晃悠，完全摸不著邊際。

阿啪趕緊把自己的手縮回來，一臉惶恐地盯著綠豆。這時連嚕嚕米也察覺不對勁，慌張地跑上前，想了解現在到底出了什麼狀況。

「門……門……外有什麼嗎？為……為什麼不要開門？」阿啪和依芳共事這麼久，怪事不多，但也沒少過。不過依芳一旦不在，遇到怪事的時候，心臟就顯得特別虛弱。

一旁的嚕嚕米聽到阿啪這麼說，頓時也緊張地縮在綠豆身後，但想想綠豆根本就是好兄弟的導體，又趕緊縮在阿啪的身後。

「反正不要開門就對了！」綠豆的表情有種說不出的驚悚，門外到底有什麼恐怖的東西，需要這麼大的反應？阿啪和嚕嚕米兩個人緊張得直冒冷汗。

「鈴……鈴……鈴……」門外的鈴聲就像催命符一樣令人心驚肉跳，又急又快的鈴聲讓人連連退了好幾步。

「怎麼……怎麼辦？外面一直按鈴……」嚕嚕米的聲音聽起來快沒氣了。

「現在依芳不在，我們該怎麼辦啊？」阿啪也急得六神無主，現在她覺得周圍的氣氛有種說不出的詭異，手心狂冒冷汗！

阿啪此話一出，綠豆隨即納悶地轉頭看向阿啪，「這跟依芳在不在有什麼關係？」

「碰！碰！碰！碰碰碰！」阿啪正想回嘴，突然聽見大門竟然傳出敲擊的聲響，差點讓她連呼吸都停止了，更別說腦袋已經瀕臨停止活動的狀態！

沒想到門外的不知名物體已經放棄門鈴，選擇直接敲門，聲聲敲入阿啪和嚕嚕米的心坎。雖然大門有隔音效果，不過急促的敲門聲卻讓阿啪和嚕嚕米不約而同地頭皮一陣麻。

嚕嚕米手腳發冷，連連退了好幾大步，「外面的到底想要做什麼？我……我們應該打電話跟警衛求救！」說到這裡，嚕嚕米飛也似地衝到電話邊，準備按下快速撥打鍵。只要按下快速鍵，就算不用說話，警衛也會立即衝上來尋查。

綠豆錯愕地看了嚕嚕米一眼，急得大聲嚷著：「叫警衛做什麼？外面就有警察啦！」她心想嚕嚕米這傢伙今晚到底是吃了什麼東西，動作未免快得不像話。

「警察？」嚕嚕米和阿啪異口同聲地喊了出來。現在到底是什麼情形？外面有警察？為什麼有警察？

「外面到底是警察還是好兄弟？妳把話說清楚！」阿啪衝上前抓住綠豆的衣領，這傢伙到底在玩什麼把戲？「妳是不是在外面幹了什麼壞事？所以才不敢開門啊？」

「我什麼時候說過外面有好兄弟？」綠豆相當豪爽地把責任推得一乾二淨，「我可是在無人島的紅燈前面都會停車的好公民，怎可能會做壞事？我只是不想見到外面那個警察！」

外面的敲門聲仍然持續不斷地響起，嚕嚕米一聽是警察，急忙嚷著：「現在不開門，搞不好等一下就拿著槍衝進來了！」

話一說完，嚕嚕米完全不等綠豆反應，展現異於平常的敏捷身手，瞬間打開感應門。

隨即映入眼簾的，是一名身材英挺壯碩，頂著一頭有型短髮的年輕男子，原本敲擊感應門的右手還尷尬地舉在半空中。雙手緊抓著綠豆的阿啪也因此停下動作，此時雙方都像是電腦 lag 一樣，頓在原地不動，表情錯愕地盯著彼此。

「那個……那個……請不要誤會！我們不是在打架，絕對不是！」阿啪趕緊放鬆抓著綠豆衣領的雙手，堆起刻意親民的假笑，回頭拍拍綠豆的肩膀。再怎麼說對方的身分是警察，絕對不能打架鬧事。

綠豆似乎一點也不把眼前的警察放在眼裡，一把將擋在自己面前的阿啪推開，毫不客氣地打算重新關上門。不過男人像是摸透了綠豆的心思，早一步踏進單位，完全不給綠豆把他拒於門外的機會。

「孟子軍，這裡是重症單位，閒雜人等一律不准進出，你還不快點離開？」綠豆雙手插腰的模樣活像一支茶壺，看樣子她對眼前的男人沒有什麼好臉色。

「妳只要給我一點點時間就好了……」

「瞎密一點點？半點時間都沒有！」綠豆想也不想就撇頭拒絕，一點都不懂什麼叫做婉轉，「我上班可是很忙的，等一下還要接兩床病人，沒時間跟你應酬，快點走啦！」

兩人的對話相當簡短，不過卻已經引起無限的遐想，難道……這男人是綠豆的男朋友嗎？現在兩個人是在吵架鬧彆扭嗎？不過綠豆什麼時候找了男人？而且還是看起來相當迷人的型男？她去哪裡找這麼優質的貨色？

那個名叫孟子軍的男人仍舊陪著笑臉，面對綠豆一副拒人於千里之外的嘴臉，完全不放在心上。

「綠豆，我只要借用依芳一下下就好，不然我可以在旁邊等她有空！」孟子軍臉上露出陽光般的笑顏，頓時照亮了原本死氣沉沉的單位。

不過綠豆一點都不買帳，嚕嚕米跟阿啪則是對目前急轉直下的曲折劇情一頭霧水。為什麼又牽扯到依芳？現在是走三角戀的路線嗎？

「依芳不在，這幾天都不會出現在這裡，拜託你死心吧！你從宿舍追到這邊，不累嗎？」綠豆沒好氣地瞪了他一眼，這傢伙從幾天前就開始陰魂不散地跟著她和依芳，若不是因為他的身分就是警察，不然她真的超想報警！

「我真的有很重要的事情需要妳們的幫忙！有人死了，一定要讓依芳看一下屍體！」孟子軍突然爆出驚人之語，瞬間一片寂靜。

如果依芳在現場，八成會說：「你是刑警，遇到屍體就跟我們護理人員遇到病患一樣平常，有什麼好大驚小怪？而且刑事案件跟護士又能扯上什麼關係？」

綠豆開始思考依芳平日的作風，這很像她會說的話。而且打從前幾天她見到孟子軍之後，就強烈警告綠豆絕對不要和他有所接觸，因為他一出現就表示沒什麼好事發生。

但是一提到屍體，別說綠豆的眼神開始猶疑不定，就連阿啪的眼睛也是閃閃發光。綠豆這人平時好奇心重就不用多說了，阿啪雖然膽小沒路用，但她的興趣之一就是看血腥電影，一提到屍體，果然也激起她強烈的興趣。

現在是要聽依芳臨走前的耳提面命，還是把當初的警告甩到一邊去，滿足自己的求知欲呢？綠豆處於天人交戰中，啊……超痛苦……

「刑警先生，為什麼非要依芳看過屍體？你們檢警單位不是有法醫嗎？何況依芳真的不在，她沒辦法幫上忙！」嚕嚕米見兩個學姐完全藏不住自己的表情，眼看就要棄械投降，若她再不出聲，只怕跟定力扯不上邊的兩人就要被眼前的警察牽著鼻子走了。

孟子軍一聽到依芳不在，臉也垮了一半。這真的是難以用科學解釋的詭異事件，有了上回一起在庫房共患難的經驗之後，孟子軍認為這案子必須聽聽依芳的想法，偏偏在這種關鍵時刻，她竟然不在？

「依芳雖然不在，不過綠豆也有陰陽眼，還能跟好兄弟溝通，搞不好她能看出什麼喔！」原本凝重的空氣裡，突然飄來興致勃勃的嗓音，瞬間燃起孟子軍的希望，也讓嚕嚕米和綠豆投以相當錯愕的目光。

「阿啪！妳這傢伙竟然賣友求榮？我有答應要幫忙嗎？」雖然綠豆嘴上是這麼說，不過在場的每個人都瞧得出來，綠豆兩隻眼睛明明就出現大大的 YES，只差沒加上霓虹燈狂閃而已。

「妳看人家這麼苦惱，就當做善事啊！如果妳真的幫不上忙，好歹也可以先了解一下內幕。反正依芳很快就回來了，到時妳也可以幫依芳快點進入狀況，而且有妳當說客，依芳哪一次不點頭？」阿啪說得理直氣壯，信心滿滿的模樣好似自己有十足的把握。

「妳這麼說……好像也滿有道理的！」沒想到綠豆沒有絲毫反駁，甚至摸摸自己的下巴，相當認真地思考這個問題。

嚕嚕米挫敗地搖著頭，心想這兩人根本沒救了，專找麻煩上身！但身為學妹，實在沒有資格多說什麼，只能在心中不斷祈禱，千萬不要把她算進去。

「孟子軍，你先到裡面的會議室等我，等我忙完了再一起討論吧！」綠豆相當豪爽，完全把方才「閒雜人等，不得進入」八個大字拋到九霄雲外。

孟子軍見到綠豆如此大方地答應幫忙，就算沒有依芳那麼厲害，好歹跟在依芳身邊見過一些世面，說不定真的能幫上忙。何況阿啪也說到了重點，只要綠豆一插手，還怕依芳置之不理嗎？

嚕嚕米在兩位學姐的壓力之下，百般心不甘情不願地領著孟子軍到會議室待著。一向討厭上班忙碌的她，今晚竟然破天荒地希望一路忙到下班為止。

第四章　童話事件（四）

抬頭望著雪白牆壁上的時鐘，距離下班時間還剩下一個多小時，所有工作也差不多都告一個段落了，綠豆和阿啪相當期待地走進會議室。這次還是嚕嚕米顧單位，唯一不同的是，這回嚕嚕米是發自內心、出於自願要堅守崗位，因為她一點都不想牽扯上任何血腥或是靈異方面的事情。

一走進會議室，卻發現孟子軍已經累得趴在桌上睡著了。白天刑事局的公務繁重，為了目前的案子更是日夜奔波，根本沒時間好好休息，沒想到隨便什麼地方都能倒頭就睡。

看著孟子軍孩子般的天真睡顏，綠豆頓時有點失神，實在很難想像他就是刑事組的組長。

「孟子軍！孟子軍！你快點醒醒，我們頂多只有十五分鐘的時間喔！」綠豆輕輕搖晃他的肩膀，心想等一下就要交接班了，他們的動作得快一點。

醒過來的孟子軍不愧是受過訓練的刑警，立即正襟危坐，精神抖擻的樣子完全不像剛睡醒，和綠豆平時連眼睛都睜不開的模樣相差十萬八千里。

見孟子軍看了阿帕一眼，綠豆隨即會過意地拍拍阿帕的肩膀，「阿帕是自己人啦！雖然她平時很膽小，長得又像猴子，不過她嘴巴非常緊，這一點我可以掛保證。如果她敢把今天這件事情洩漏出去，那我就免費提供猴腦給你進補。」

綠豆會這麼肯定也不是沒有原因，阿帕除了今天相當不客氣地出賣綠豆有陰陽眼這件事之外，關於之前發生在依芳或是綠豆身上的怪異事件都不曾和任何人提過。就算是護理長嚴刑逼供，也不曾洩漏半字。

阿帕惱怒地瞪了綠豆一眼，狠狠踩了她一腳，只見綠豆又叫又跳，會議室頓時好不熱鬧。

「其實我不是信不過，手上的資料也不是什麼重要的機密文件，只是目前案件屬於不對外公開的狀態，所以出於職業本能才比較謹慎，沒別的意思。不過我仍然希望這件事情能夠保密。」

「這是當然，我也只是看看屍體照片，其他一律不干涉，也不介入，所以不用跟我說太多。」阿帕奸詐地嘿嘿笑了兩聲，她只想滿足自己的好奇心，其他的後續動作當然全都交給綠豆囉，她才不會蠢到自找麻煩。

綠豆正想繼續和阿啪鬥嘴，不過孟子軍已經從手中的公文袋裡抽出一疊資料，裡面包含好幾張照片。

照片裡是一名年約二十歲上下的年輕女子，面露猙獰五官扭曲，兩隻眼睛睜得老大，除此之外，看不出有什麼異狀。

「這有什麼問題嗎？除了表情難看了一點，看起來不像有什麼奇怪的地方啊！」阿啪拿起照片仔細端詳，看不出有什麼不對勁。沒有血腥，沒有傷口，和她預期的恐怖照片天差地遠，不過礙於這是現實生活中的一條人命，阿啪當然秉持著對死者的尊重而沒展露失望的神情。

「不！最詭異的就是看起來和一般的屍體沒什麼不一樣！」孟子軍皺起好看的劍眉，「屍體上沒有任何傷口、也沒有撞擊的跡象，完整得像是沒有任何瑕疵的陶瓷，但是幫屍體照過X光之後，卻發現她全身粉碎性骨折，連一根完整的骨頭都沒有！」

孟子軍一說完，其餘兩人不禁倒抽一口氣，紛紛拿起照片再仔細端詳，才發現屍體的四肢的確呈現軟趴趴的跡象。畢竟屍體躺在床架上，所以光看照片，骨折的現象並不是那麼明顯。

隨後他又拿出幾張照片，看起來很像器官，只是……怎麼看起來像是燒焦的樣子？

「因為實在過於詭異，法醫不得不進行解剖，結果發現屍體裡面的器官全被燒成這樣！到底有什麼方法能夠在屍體完好無缺的狀況下，讓屍體粉碎性骨折和焚燒器官？根據鑑定的結果，發現這些現象都是生前造成，也就是說這女人是在生前被活活凌虐致死，現在檢警單位完全理不出頭緒。」

凌虐致死？這樣的凌虐手法前所未見、聞所未聞，未免太凶殘了吧？阿帕和綠豆兩人相當錯愕地再次深吸一口氣。

「這名女子名叫姜韻潔，今年二十二歲，是百貨公司的專櫃小姐，陳屍在自家的房間內。最難以解釋的一點，就是她的房間上鎖，連外面的窗戶都裝了鐵窗，門窗完全沒有任何破壞的痕跡，也就是所謂的密室空間，根本找不到有人進出的跡象！她生前交友複雜，一時也很難判定是否與人結怨，而且這一點都不像是正常的犯案手法，正確來說，應該沒人可以辦到才是！」

他已經被這案子搞得一個頭兩個大，完全沒有方向。警方講究科學辦案，問題是眼下的證據完全不符合科學理論，又不能隨便找個老師充數，萬一連警察都被神棍騙了，豈不是成了本世紀最大的笑話？

唯有上回見識過依芳的能耐，找依芳當然比較保險一點，但現在只有綠豆……孟子軍有種凶多吉少的感覺，不過此時已經箭在弦上，也找不到其他人可以幫忙了。

「沒有什麼其他奇怪的地方嗎？」綠豆果然是金田一的頭號漫畫迷，開始學著金田一注意其他細節。明明這件事情根本不需要她插手，現在卻激起她熱血沸騰的破案決心。

她當然看得出來孟子軍的苦惱，這種沒有絲毫線索的案件真的會令人沮喪得火大起來，也難怪他想要尋求「不一樣」的協助了！

孟子軍搖搖頭，實在想不出什麼所以然來，「她跟自己的母親和妹妹住在一起，她的家人顯然全都嚇壞了。那個媽媽臉色慘白地腿軟好幾次，問什麼她都害怕得說不出話來，妹妹則是受到極度驚嚇，問什麼都只會尖叫著說不知道。不過我們檢警能體會她們在遭遇這樣重大打擊下呈現的情緒反應。」

「孟組長，那麼……你找依芳到底想證實什麼？她又能幫上你什麼忙？」阿啪難得腦袋清醒，說話竟然也有條有理起來，像這樣的案件，依芳怎麼可能看出什麼端倪？

此時他緩緩靠近綠豆和阿啪，臉上也浮現陰沉的僵硬線條，刻意壓低嗓門，緩緩道：「我們聽鄰居說過，前一陣子她們母女三人常常在半夜尖叫，尖叫聲相當淒厲。案發前一晚警方接到投訴電話，我們兩位同仁特地登門關心一下，聽說開門的是媽媽，表情相當奇怪，臉色發青，她說家裡有老鼠，家裡又全都是女人，所以難免尖叫聲大了點。那時那個媽媽突然把手伸向員警，這時才發現她手上正抓著老鼠，而且她竟然當著員警的面活活把老鼠掐死，嘴邊還掛著詭異的笑容。」

一聽到老鼠，綠豆和阿啪也是臉色鐵青。通常女人就怕這些噁心的小動物，別說抓老鼠，就算多看一眼都覺得渾身的驚恐細胞在體內瘋狂打滾，何況是親手掐死。

「其中一名員警看媽媽的臉色發青得厲害，心裡就覺得不對勁，於是想看看屋內的狀況。那個媽媽很快就推開大門退到一邊，讓員警們看了一眼。根據我們同仁表示，當時兩名女兒正縮在沙發上看電視，看不出什麼異狀，所以員警就離開了！直到命案發生之後，兩名員警才突然想起，印象中那個媽媽的身高差不多一百七十幾公分，怎麼案發之後看起來才一百五十幾公分？一個人怎可能在短短一天之內就縮短將近二十公分？」

員警們受過專業訓練，對於人的辨識度比一般老百姓還要敏銳，對特徵方面也比較注意，何況兩名員警的說辭一致，可信度相當高。

「除非……她飄在半空中……」阿啪突然打了一陣哆嗦，這是她目前唯一能想到的解釋。

孟子軍神色凝重地點點頭，「我也是這麼猜想，那兩名員警形容當天媽媽始終和他們保持距離，又縮在大門後面，感覺不想過於靠近警方，不過這也是一般民眾常常會有的反應，也就沒有多加理會，所以完全沒注意到她的腳。這兩名員警再三強調臉上的泛青實在太不尋常，所以我才希望依芳能夠跟我到命案現場看一下，或許能夠發現什麼蛛絲馬跡。」

他略為喪氣地提出要求，一向講求科學精神的警察竟然跑到醫院找小護士協助，這件事若傳出去，警方還要不要做人？若不是眼前的案件實在找不出其他的可能性，他根本不會出現在這裡。

「現場？」綠豆差點被自己的口水嗆傷。現在依芳不在，這麼說起來，要到現場去的人不就是她了嗎？她長這麼大，還不曾到過命案現場，就算血腥恐怖的電影看到不想看了，但一想到現實生活中出過人命的地方，還是忍不住心底直發毛，現在她終於明白依芳為什麼總是說不要多管閒事。

孟子軍還沒提出要求，綠豆也還在七上八下的時候，室內突然傳來手機鈴聲。身為護理人員，又在單位裡面工作的綠豆和阿啪不可能把手機帶在身上，唯一有可能的只有不是醫護或病人身分的孟子軍了。

他動作俐落地接起電話，但臉色卻益發難看。只見他凝重地掛掉電話，隨即像旋風一樣席捲所有資料，阿啪和綠豆兩兩相覷，根本搞不清楚到底發生什麼事了。

只見他一臉鐵青，嘴上卻淡淡地說：「姜韻潔的妹妹剛剛被發現陳屍在自家的浴缸……」

第五章　童話事件（五）

姜家兩姊妹的死亡讓阿啪和綠豆渾身都覺得不對勁，這案件實在詭異得讓人不寒而慄，連法醫都找不出原因，更別說兩個混吃等死的小護士了。而且一聽到又有人死了，她們兩個更是希望自己最好什麼都別發現。

不過綠豆生來唯一的優點就是神經線和一般人不大相同，只要躺下去睡一覺，就什麼都能忘光光。何況孟子軍正忙著處理新命案，也沒時間出現在她的面前，只要裝作什麼事情都沒發生過就好了。

如今依芳不在，房間內空蕩蕩只剩下她一個人。雖然平時依芳對她總是一點都不留情面，不過房間內少了一個人，就像食物少了鹽巴，沒了味道，綠豆突然有種落寞的感覺……

「情花開～開燦爛～冬日寒也溫暖～」打開放在床頭的音響，綠豆嘴裡哼著張棟樑的歌曲，心底的寂寞稍稍減輕一些，拿著張棟樑的正版專輯，心想若是能遇到像張棟樑這樣的男人該有多好啊！

正當綠豆沉浸在和偶像在優美的綠湖畔翩翩起舞的幻想裡時，突然聽見奇怪的撞擊聲伴隨著音樂響起。原本躺在床上的綠豆倏地坐起身，迅速環顧周遭一眼，並沒有發現什麼異狀，但是……她明明聽到了不一樣的聲音……

綠豆心裡雖然覺得奇怪，不過一點也沒有想一探究竟的欲望。即使現在才早上十點，卻已經是她平時上床睡覺的時間了，有點睏意的她，動都懶得動一下！

「扣！」奇怪的聲音再度響起，雖然微弱，綠豆卻聽得一清二楚。

綠豆渾身肌肉像是上了定型液一樣僵硬，現在她確定聲音確實來自房間，而且就在浴室附近。

綠豆趕緊關掉音樂，確認這到底是不是自己的錯覺。

「扣扣扣扣扣！」靜得連氣流的聲音都能隱約聽見的空間裡，又傳來令人毛髮直豎的聲響，只是聲音越來越微弱，綠豆的心跳卻越來越大聲。

大約三秒之後，奇怪的聲音停止了，房內又回復到先前的寂靜。

綠豆心底雖然害怕，但若是不把狀況搞清楚，她是怎樣都不可能好好入睡的，只能不甘願地爬下床，每個地方都仔細檢查一遍。最主要就是浴室，因為聲音就來自那個方向。

綠豆隨手拿起放在牆邊的掃把，躡手躡腳地用掃把推開浴室大門。浴室裡面帶著慣有的濕氣，令綠豆無法克制地感到一陣寒意，但除了一大堆瓶瓶罐罐，沒什麼異常。

綠豆轉向房間內，放眼望去，雜物堆滿整個空間，也沒啥可疑。那麼……剩下的只有放在浴室隔壁的衣櫥了。

綠豆小心翼翼地走向衣櫥，不知道為什麼突然有種莫名的壓迫感，也說不上自己到底在緊張什麼，腦海中卻不斷浮現與衣櫥相關的驚悚畫面。不是在幽暗的衣櫥裡面陡然出現一張七孔流血的鬼臉，就是憑空竄出一隻帶血的斷臂，強而有力地抓住自己的手腕不放。

記得小時候也對衣櫥有過死都不想打開的階段。

沒想到長這麼大，開自己的衣櫥不知道多少遍了，現在竟然為了不知名的聲音，把自己搞得膽戰心驚。加上她了解自己的磁場，一旦依芳不在，搞不好真的有什麼不乾淨的東西跑來找她也說不定。

一想到先前不知多少孤魂野鬼找上門的經驗，沒有一個留下美好的印象不說，往往把她的三魂七魄嚇得四散奔逃，偏偏現在依芳又不在，連要找個人幫忙打開衣櫥的機會都沒有。

綠豆雙手微微發顫伸向衣櫥的手把，眼看就要打開衣櫥……

碰！碰！碰！

巨大的聲響在這一刻環繞綠豆的雙耳，就算早就作好心理準備，綠豆也嚇得腿軟，反射性縮回自己的手，差點連呼吸也停止了！

「綠豆！綠豆！妳快開門！我是阿啪！」巨大的聲響之後，竟然傳來阿啪的叫聲。

阿啪！綠豆一聽到阿啪的聲音，當下的心情真的超級複雜。一方面慶幸有個活人出現，另一方面卻氣憤她出現的時機未免太湊巧，她都快「閃尿」了！

好不容易才找回雙腳的知覺，綠豆無力地打開房門，就看見阿啪灰頭土臉地站在門外，一臉可憐兮兮地猛傻笑。

「這時間妳早該回家了，還待在醫院做什麼？想加班啊？」綠豆沒好氣地問，不過心底卻相當高興，甚至期望阿啪短時間不要離開，因為她一個人真的好害怕⋯⋯

「哎唷！我的小紫剛剛在半路氣喘發作，呼吸困難，妳也知道那是它的老毛病了，我想說讓它多喘幾下就行了，反正以前也都是這樣就好了。哪知它這回直接休克，現在已經請人送它到加護病房治療中！所以我暫時回不了家，身為好朋友的妳當然要挺身而出，所以現在只能找妳窩一下囉！」

阿啪說得理所當然，出外就是要靠朋友，現在她有難，首當其衝的自然是綠豆。

綠豆訕笑兩聲，想要理解阿啪的猴子語言還真不是普通人能辦到，如果依芳在現場，八成聽不懂阿啪到底在胡說八道什麼東西。

小紫是阿啪的機車，她這人生性就愛幫所有沒生命的物品取名字，包括她那雙叫做小保的環保筷。她的意思是今天機車又在半路冒黑煙，要動不動，她心想等一會兒就沒事了，怎知道這次卻不如預期，直接拋錨在路上，現在已經在修車廠裡面維修了！

「反正依芳這幾天都不在，妳就暫時睡她的位置好了！床能借妳，其他的妳自己想辦法，反正便利商店就在樓下……」

綠豆說到一半，猛然想起剛剛未完成的動作，現在多了一個阿啪，或許阿啪能幫她打開衣櫥。

「阿啪！妳說得對！身為好朋友就是要互相幫忙！」綠豆突然轉過身，抓著阿啪的雙肩，一臉凝重還布滿陰影，這樣的情緒轉變會不會太快啦？阿啪瞬間有種不好的預感，她突然覺得是不是應該去嚕嚕米的房間比較好？

「我的衣櫥裡面有奇怪的聲音，能不能幫我打開看看？」綠豆臉上隨即綻放出偽善的笑容，既然依芳不在，剛好讓阿啪來補這個空缺。

「奇怪的聲音？」阿啪看起來比綠豆更驚慌失措，正確地說，她的表情看起來像被捏壞的菠蘿麵包，「該不會裡面有老鼠吧？」

老鼠？如果是老鼠，她才不會這麼害怕勒！綠豆差點翻白眼地想。

「不可能啦！宿舍裡哪來的老鼠？」綠豆相當肯定。雖然依芳這人老是愛亂丟東西，也不懂整理兩個字怎麼寫，堅持採取亂中有序的生活方式，不過絕對不可能有老鼠，就連蟑螂都沒有。

阿帕半信半疑地看著綠豆，「不然是什麼？」

「妳腦袋到底裝啥鬼東西啊！我知道是什麼還叫妳開看看啊？」綠豆忍不住在她耳邊狂吼起來！

還好阿帕雖然脾氣硬，不過自己理虧的時候卻沒什麼脾氣，「開就開，妳那麼大聲幹什麼？」

阿帕這人和綠豆都是同類型的脫線人物，唯一的不同就是綠豆會花時間胡思亂想，阿帕則是速戰速決，不讓自己有機會想太多。

阿帕一伸手，想也不想地拉開衣櫥的門板，只是拉開之際，徹底發揮靈活矯健的身手，飛快地退得老遠。

門板隨著拉力而劇烈掀開，衣櫥就這樣赤裸裸地呈現在兩人面前。

綠豆二話不說拿起掃把的木柄往衣櫥裡面攪了幾下，沒有恐怖的鬼臉，也沒有鮮血淋漓的斷手，就連一隻蒼蠅也沒有。確定沒有任何異狀之後，綠豆這才緩緩地定下心神。

「根本什麼東西都沒有啊！」沒見到什麼稀奇古怪的東西出現，縮在後面的阿啪說話也跟著大聲起來，「會不會是妳幻聽啊？要不要介紹精神科的林醫師給妳，他的風評……」

「阿啪！」綠豆趕緊打斷阿啪的碎碎念，她發現衣櫥的深處竟然有淡淡的綠光，她不記得放了任何帶有夜光的物品在自己的衣櫥裡面，那……這又是什麼東西？

綠豆趕緊用掃把將散發綠光的物體戳了兩下，但衣櫥深處的光線實在太微弱，加上兩人不敢太靠近，根本就看不清楚。最後還是阿啪拿出口袋裡的手機，手機的光線雖然微弱，但也不無小補，在亮光照射下，發現竟然是一塊玉珮。

綠豆趕緊抓起玉珮，上面還繫著一條紅絲線，她不記得自己有買過玉珮項鍊，這是誰的？

她仔細端詳著玉珮的外觀，只覺得才一接觸這塊玉，就有股陰寒從指間直竄腦門。而且它上面還雕著相當精美的雙頭蛇圖騰，這圖騰……

綠豆猛然想起，這不是當初從鍾愛玉（詳見修女事件）的身上扯下來的玉珮？

她猶記當時鍾愛玉死命地抓著胸前的這塊玉珮，那時她一把搶下來沒多久就被抓到警察局，事後回宿舍時也是隨手掛在衣櫥的掛勾上，根本沒想太多，壓根忘記有這回事了。

現在玉珮沒吊在掛勾上，這麼說起來，這聲音是它發出來的？

「應該是它掉下來，撞擊到衣櫥的聲音吧！」阿帕立即說出自己的猜測。

「可是我聽到的不只一聲……」綠豆的心底總覺得好像壓了一塊大石頭，這玉珮勾起她相當不愉快的回憶。

「當然不只一聲！就像硬幣掉在地上會打滾，而且有些硬幣還會滾很久，應該是那種打滾的聲音啦！妳別一天到晚疑神疑鬼！」阿帕一臉輕鬆地拍拍綠豆的肩膀。

阿帕這樣的解釋確實也有道理，現在鍾愛玉在監獄裡面，這塊玉珮還能起什麼作用？

不過綠豆覺得這是不祥的玉珮，隨手便將它丟進桌下的垃圾桶。

怪談病院
第六章　童話事件（六）

刑事局組長的辦公桌上面擺放了幾隻便利商店集點換的小叮噹，旁邊還擺放著和小叮噹差不多大小的牧羊犬、哈士奇和德國狼犬的小型公仔，鑲嵌著哈姆太郎圖騰的相框裡面擺放的竟然是名偵探柯南的大頭照。

只是攤滿整個桌面的屍體照片，實在和這卡通系列的擺設有著弔詭的不協調。

孟子軍已經頭痛地盯著桌上的照片長達一個多小時，連動也不想動一下，只見他有型的短髮坍塌凌亂，雙眼布滿血絲，連下巴都冒出鬍渣。以往注重形象的孟子軍根本不容許自己如此邋遢，就算面對再難搞的凶手，也不曾如此心力交瘁。

周遭的警員沒一個敢靠近組長辦公桌，整個刑事局完全籠罩在一片沉重低迷的陰霾當中。底下的員警想討論案情都必須壓低嗓門，抽菸還得衝到廁所才敢拿出打火機，整個部門散發著一觸即發的緊張氣氛。

已經連續三天都無法好好休息的孟子軍拿起其中一張照片，那是姜韻潔的妹妹——姜采潔的照片，明明前兩天還看到了本人，怎麼今天已經成為照片中的主角了？

孟子軍實在很難接受這樣的打擊，尤其當姐姐發生命案的時候，刑事組就已經暗中觀察並保護這對母女的動向。組員百分百確定屋子裡除了母女倆之外，沒人進出，怎可能發生命案?難不成真的是媽媽殺了女兒?

姜家姐妹的媽媽陳寶琴確實呈現瘋狂的狀態，尤其看到姜采潔的屍體時，她歇斯底里地尖叫，完全沒有停止的跡象。看她的精神狀態極度不穩定，若說她有攻擊傾向也不是不可能，但現場卻找不到任何證明她就是凶手的證據。

看到姜采潔的屍體照片，他忍不住又嘆了一口氣，別說科學無法找出任何可疑的線索，就算他用肉眼觀察，也直覺認為，這樣的死法……是一般人所能辦到的嗎?

姜采潔和她的姐姐一樣，渾身粉碎性骨折，但可怕的地方在於，她的屍體像是被壓縮風乾一般，被擠壓成球狀，就這樣被放置在浴缸裡。估計她的死亡時間距離警方到場不到一個小時，但屍體卻已經僵硬得無法改變形狀，浴缸裡面的水也潔淨得沒有絲毫雜質，更別說血跡了!

也就是說，這次的屍體也一樣沒有任何傷痕。警方費力地想找出其他線索，偏偏身上不但沒有傷口，就連一絲瘀青也沒有！

這案件再怎麼說都不像正常的手法，任憑孟子軍想破頭也找不出可疑的蛛絲馬跡！

陳寶琴已經送至精神科病房強制治療，現在的她瘋瘋癲癲，說話也顛三倒四，在表達上有著相當明顯的驚恐。在這樣的狀態之下根本沒辦法問訊，也問不出所以然來。就算她是謀殺姜家姐妹的唯一嫌疑犯，但一個四十多歲的女人，看起來這樣瘦小，有什麼能耐可以讓高出自己一顆頭的女兒全身粉碎性骨折？就算真的是她造成，又是用什麼方法將屍體風乾、擠壓成球狀？

目前唯一的解釋，就是見鬼了！

為什麼偏偏在這節骨眼上，林依芳卻該死地沒待在醫院裡？那個綠豆看起來實在不怎麼可靠，不過陰陽眼這一點確實假不了，他們一同共患難過，見識過她和好兄弟溝通。雖然基於科學立場，實在不應該病急亂投醫，但現在實在是進無步、退無路，就算她看起來真的不怎麼可靠，但也別無選擇了。

孟子軍無奈地嘆了一口氣，這案件已經引起上層的注意，若再不想辦法結案，他這組長的位置只怕還沒坐熱就要換人了！

一想到這裡，孟子軍再也坐不住！現在他只想趕緊到醫院一趟，這一回應該想辦法讓綠豆到命案現場看一下才對，就算硬拖也要把她拖到那間屋子去！

他打定主意，就算徒勞無功，也必須這麼做！他拿起鑰匙，飛快地奔出刑事組！

住在醫院的宿舍有許多好處，其中一項就是不怕遲到。這對阿帕來說是最迫切的需求，不過她就是覺得空間狹隘，而且不像在家裡那麼方便，所以即使每天要騎二十分鐘的路程，也不願意住在宿舍裡。

今天難得她住在醫院宿舍，不用趕得要死不活，不過即使時間充裕，她仍一如往常地髮型凌亂、睡眼惺忪，一身狼狽地出現在單位。看樣子不論更換什麼環境，她的習性就算到了十八層地獄也不會改變！

阿帕不顧形象地打了一個超大的哈欠，慵懶地伸伸懶腰。奇怪的是，今天明明已經睡了一整天，卻覺得腰痠背痛，一點也沒有睡飽的感覺，只記得睡著之後，就夢見不斷被她撿回來的破娃娃追趕。

「阿帕，妳給我差不多一點！妳知不知道睡覺皇帝大？睡覺就睡覺，嗯嗯啊啊叫個不停，害得我完全睡不著，妳還敢當著我的面打哈欠？」綠豆頂著兩個大黑輪，忍不住大聲抱怨。

阿帕尷尬地搔搔頭，心想自己從小到大都不曾有過說夢話的紀錄，難道是水土不服，不習慣睡別人的床？還是真的被夢中的娃娃嚇得邊跑邊尖叫？

總而言之，別再讓她看見那個娃娃就好了！

小夜班的同事紛紛離開單位，正準備幫病患抽痰的嚕嚕米卻發現庫房裡的抽痰管已經快要見底了，連忙嚷著：「學姐，我去樓下補一些抽痰管上來，病人幫我看一下喔！」

像這種跑腿的工作，嚕嚕米總是很識相地攬起來自己做，這也是嚕嚕米普遍受到學姐們惜命命的關鍵之一。現在自動自發的學妹真的不多了，哪像依芳老是沒大沒小，完全不給學姐留面子。

嚕嚕米一溜煙地在三樓與二樓之間的專屬樓梯中消失了身影，阿帕則是拖著疲憊的身軀走向備餐室，準備拿出提神飲料，好振作今天的精神。

才一踏進備餐室，就傳來一聲淒厲的尖叫，原本正在盛水準備幫病患擦澡的綠豆，瞬間把水盆打翻，淋得下半身直滴水，不過她現在沒時間管自己的褲子，想也不想地衝向尖叫聲的來源。

「阿帕，妳沒事叫個什麼東西？妳是哪條神經又搭錯線，還是吃藥時間到了？雖然我們的隔音效果好得沒話說，病人又沒一個有意識，但妳好歹也尊重一下還有呼吸的病人，不要在這裡鬼吼鬼叫！」綠豆見阿帕站得好好的，備餐室裡又沒什麼不對勁，不明白阿帕到底在叫啥！

「綠豆！綠豆！是誰……是誰又把娃娃拿出來放在桌上？」阿帕一見到綠豆，忍不住抓緊綠豆的衣角，激動地質問著。

阿帕見到娃娃和昨天一樣坐在相同的位置，只是娃娃臉上的表情透出一種陰邪的氛圍，乍看之下還真的有點像日本的鬼娃娃花子。今天阿啪做了被娃娃追了一整天的夢，已經嚇得渾身無力，她可不希望夢境延伸到現實生活來，也難怪她一見到娃娃會這麼緊張。

「可能是上一班發現娃娃塞在置物櫃裡面很可惜，所以拿出來放著吧！」綠豆說出自己的猜測。備餐室屬於公用場所，只要是放在備餐室裡沒貼上個人名字的物品，包括食物和飲料，全都是大家共享，所以有人拿出娃娃一點都不稀奇，綠豆不明白阿啪反應為什麼這麼強烈。

綠豆抓起娃娃，心想阿啪對這娃娃這麼敏感，還是將它放在置物櫃比較好，免得阿啪的神經質有持續增溫的反應。但在打開置物櫃的一瞬間，娃娃突然發出小女孩的聲音：「很久很久以前……」

阿啪嚇得彈跳至備餐室的門後，猴子的靈活果然在阿啪身上一覽無遺，「它……它……它會說話……」

「喔！是我不小心按到娃娃的按鈕，這娃娃好像可以錄音，上次我也被它嚇了一大跳！」綠豆大笑兩聲，企圖緩和阿啪緊繃的情緒。

小女孩帶哭的嗓音並未因兩人的對話而中斷，持續重複著上回綠豆聽到的那段錄音，只是隨著兩人對話聲停止，娃娃的聲音卻開始變質。

「我恨……灰……姑娘……我恨……媽媽……這世界……根本……沒有……童話……」女孩的聲音漸漸轉為低沉、難聽，斷斷續續不成句子，就像沒電的舊式留聲機，說有多恐怖就有多恐怖！

聽到這段錄音，光是森然詭異的低沉腔調就足以讓人背脊一陣涼，更別說字句裡包含的恨意，更是讓人頭皮發麻。

「妳……妳上次也是聽到這個？」阿啪已經瀕臨發瘋的邊緣，她真的一點都不想遇到怪事，偏偏這娃娃還是她撿回來的！

此時綠豆也是一臉鐵青，上一回根本沒有這一段，是什麼時候加上去的？

「可能……可能是娃娃裡面的電池沒電了！」綠豆還真不知該怎麼解釋才好，只能擠出最合理的說法。

怎知道阿啪一箭步衝上前，搶過綠豆手中的娃娃，直接丟在垃圾桶裡面，動作俐落地將垃圾袋收緊打包，嘴裡叨念著，「我一見到這娃娃就覺得渾身不舒服，還是趕緊丟掉。」

阿啪將打包好的垃圾袋擺在備餐室的角落，等固定時間一到，清潔阿姨自然就會將垃圾收走。

確定娃娃再也不會出現在桌上，阿啪才鬆了一口氣，她希望有生之年都不要再見到那隻娃娃了。

「趕快走吧！熱水都涼了，我們還要幫病人擦澡呢！」阿啪提醒綠豆。

綠豆認同地點頭，兩人正踏出備餐室的時候，身後又傳來相當細微，卻清楚的聲音。

沙沙沙沙沙~

備餐室的角落裡，傳來塑膠袋的聲音……

第七章　童話事件（七）

阿啪和綠豆兩人像是突然沒電的機器人，完全僵在原地，彷彿全身打滿了石膏，唯一能活動的只剩下脖子。兩人不約而同地以慢速播放的姿態，一格一格地拉扯自己的頸部肌肉，只敢用眼角餘光掃向放置垃圾袋的角落。

以常理而言，應該靜止不動的垃圾袋，竟然開始動了起來，就像有什麼物體在袋裡蠕動……

「該不會……該不會……」綠豆的聲音開始出現明顯的波動，阿啪看著綠豆那堪稱千年活化石的表情，只覺得自己的胸壁快承受不住心臟的撞擊了。

阿啪點點頭，心想綠豆跟著依芳也有好一段時間了，總算有點長進，遇到這種現象，當然只有一種解釋了！

怎知綠豆突然咧開嘴輕輕笑了起來，「我就說嘛！一定是昨天的泡麵碗沒收走，所以長蟑螂了，呼——搞得我好緊張！」

綠豆鬆口氣地拍拍自己的胸口，阿啪的臉部肌肉則是因為承受不住劇烈的情緒變化而嚴重變形。不過她這時卻反常地希望自己有綠豆一半的樂天，巴不得真的被綠豆猜中，她寧願是蟑螂老鼠，也不願其他怪怪的東西出現。

只是，阿啪在醫院工作這麼久，別說蟑螂老鼠，就連壁虎都沒見過一隻。

不過現在阿啪一點都不想追根究柢，反正垃圾袋綁得死緊，不論是蟑螂或老鼠，還是其他瞎密鬼東西，只要被困在裡面不要爬出來就天下太平了！

「別管它了！我們快點去工作！」阿啪急著離開備餐室，她受不了今晚種種奇怪的跡象，反正眼不見為淨是不變的法則！

但……

沙沙沙沙～沙沙沙沙～讓人不寒而慄的聲音越來越激烈，兩人就像瞬間按下遙控器的暫停鍵，僵硬地停下自己的腳步，目光沒辦法控制地再次移向垃圾袋，只是這一回再也沒辦法用蟑螂的理由搪塞。

「手……妳有看見手嗎？裡面有一隻手啦！妳快點看！」阿啪現在就像是鬼上身的猴子，躁動得根本抓不住。她怕綠豆沒發現，緊抓著綠豆的雙頰，硬把她的臉轉向垃圾袋的方向。

綠豆還沒被垃圾袋裡面的手給嚇傻，就被阿啪的反應給懾住半晌，處在完全被動的狀態。在半透明的垃圾袋中，一隻小小的手臂正激動地掙扎，像急著想掙脫箍制它的枷鎖。

這……這……到底是什麼情形啊？綠豆頓時傻了眼，那隻小手臂正想撕破困住自己的塑膠薄膜，難不成鬼娃恰吉活生生在自己的面前上演？

原本只是一隻小手臂，隨即又冒出另外一隻手臂，原本只是輕微掙扎，現在卻是粗魯野蠻地撕扯，眼看脆弱的塑膠袋應聲裂開，兩隻小手猛然竄出，隨即出現的是娃娃的頭，它的嘴咧開誇張的笑容，彷彿嘲笑眼前這兩人毫無掩飾的驚恐。

「現在是怎樣？鬼娃娃這種老掉牙的超級爛梗已經很多人用過了，怎麼現在還在演？」綠豆緊張得連連後退，只見娃娃的身軀也慢慢地從垃圾袋中鑽了出來，眼看就要邁開那塑膠製的小短腿……

碰！又是一陣巨響，阿啪趕緊拉著綠豆離開備餐室，用力地將門關上，嘴裡不斷喃喃念著：「這一切都是幻覺！鐵定全都是幻覺！幻覺幻覺！不會錯的！」

阿啪雖然和綠豆、依芳共事了好一陣子，不過從沒親眼見過或體驗過真正的怪事，頂多只是感到心慌慌，但還不至於像現在一樣六神無主，甚至開始雙手合十，不停默念著之前媽媽教過的大悲咒。只是現在的狀況讓她的腦袋沒辦法好好思考，搞到最後連自己在念些什麼都不知道了。

就在兩人一陣兵荒馬亂的時候，單位的日光燈開始間歇性地閃爍，忽明忽滅的光線讓兩人以現在進行式的速度，毫不客氣地謀殺原本就不怎麼活躍的腦細胞。更別說兩人已經深刻地感覺到有物體不斷用力衝撞著備餐室的門，力量不容小覷，眼看備餐室的大門快要變形……

「阿啪，上次單位像是被丟過手榴彈一樣悽慘，這次我們說什麼都不能再損毀公物了。就算我們說出真相，別說跳到黃河或是亞馬遜河，就算跳到銀河也洗不清，阿長這次絕對會叫我們包袱款款，回家喝西北風啦！」

綠豆哀怨地悲嘆自己「帶衰的運命」，為什麼每次有公物被損毀的時候，都正好由她當班？每次護理長發飆的對象都有她，原本就是黑名單的她，現在簡直黑到發紫，這回若是再踩到護理長的地雷，恐怕會屍骨無存。

「現在都什麼時候了，妳還在管阿長？」阿啪聲嘶力竭地大叫，「妳寧願讓阿長起肖，還是讓那隻會自己無條件進化、還會出現恐怖表情的娃娃衝出來？」

沒想到，這麼簡單的二選一，竟然讓綠豆前所未有地天人交戰，感覺起來，不論哪一個都可怕得令人難以接受。

「這種問題還需要想嗎？」阿啪現在可以理解依芳平時的辛酸，恨不得一腳將綠豆踹飛。

阿啪一把將綠豆拉開，正準備將最靠近的床旁桌搬過來擋住備餐室的門，怎知道才搬到一半，原本撞擊門板的聲音突然停止了！

一切再度回復先前的安靜，電燈不閃了，周遭的機器也發出一如往常的運轉聲，彷彿從沒發生過什麼不可思議的事件。

「沒事了吧？」綠豆很不習慣這突如其來的安靜。

「阿災！」阿啪一顆心臟七上八下，現在莫名其妙的寂靜，讓她的不安更加顯著。她緩緩接近門把，遲疑著是否該將這隔開兩邊的門打開，沒想到還沒靠近，門就被一陣劇烈的狂風給震開，映入眼簾的是趴在地上的洋娃娃。

洋娃娃就這樣從門口慢慢地爬向阿啪，阿啪雖然覺得雙腿不怎麼有力，不過卻超賣力地往後跳。

「這娃娃……身體裡面到底裝什麼電池？是勁量還是金頂，會不會太猛了？雖然看起來手腳都很短，但爬起來的速度怎麼這麼么壽快啊？」綠豆在這樣的情形之下，竟然還有時間想裝上電池的兔子也是跑得飛快，只是人家兔子好可愛，這隻娃娃卻好可怕！

兩人急得連連後退，試圖和娃娃拉遠距離。娃娃臉上的詭異笑容始終沒有消失，一邊爬，一邊朝兩人笑著，嘴裡還發出難以形容的古怪笑聲。

「這一定是幻覺！幻覺！我明天要找精神科的林醫師掛號！我一定是壓力太大了！」阿啪乾脆閉上眼睛，嘴裡念念有詞，她拒絕相信自己竟然衰到連這種超現實的現象都遇到了。

「阿帕，妳給我清醒一點，現在不是幻覺，有可能兩個人同時產生幻覺嗎？」綠豆大叫著，「現在應該是趕快想辦法，看看怎麼解決問題啦！」

「不是幻覺，就是在作夢，我一定是在作夢！」阿帕看起來有點像是被嚇傻了，突然狠狠地甩了身旁的綠豆一個響亮的耳光。

綠豆錯愕地想禮尚往來回敬一下，不過礙於目前急著跳上椅子也就暫時作罷，因為娃娃已經追到腳下了啊。不過就在她急著跳腳的時候，嘴裡還是不住大喝：「臭阿帕，妳發瘋就發瘋，打我做什麼？」

「當然是打妳看看會不會醒啊！」阿帕見綠豆反應這麼激動，頓時也垮了臉，急著嚷嚷：「現在妳會痛?!那就表示不是在作夢！依芳不在，我們怎麼辦啦？」阿帕看起來真的快要飆淚了！

死阿帕，等一會兒脫困了再跟妳算帳！綠豆撫著臉上發紅的五指印，暗暗地想著。眼前還是得趕緊想辦法才行，於是她朝著娃娃叫囂著：「欸！妳到底想幹嘛？想玩整人遊戲的話，已經退流行了啦！」

娃娃像聽得懂人話，猛然抬頭，望著綠豆的眼珠子竟然變成綠色，跟身上的暗綠色娃娃裝相互輝映，形成詭譎的畫面。

為什麼這娃娃在地上爬，上頭卻浮現若有似無的陰影？而且這陰影越看越像一個怪異的小小人形，跟竹竿差不多，認真說起來，反而有點像光有支架的模型，只是出現一會兒又消失不見了，但娃娃還是持續往前爬。

最令人錯愕的，是本應該沒有伸縮彈性的嘴巴，竟然緩緩地張開，「項鍊……項……項鍊！把項鍊……給我！」

項鍊？什麼項鍊？綠豆和阿帕面面相覷，久久說不出話來，這隻洋娃娃未免愛漂亮愛過頭了吧？

「項鍊隨便買都有！我明天就買芭比娃娃的項鍊給妳，拜託妳好心一點，這種小事妳只要給阿帕託夢就好，不需要大費周章在地上爬得這麼辛苦。」綠豆無奈地嘆了一口氣，又急又氣地在椅子上叫囂。

已經跳到護理站辦公桌上的阿帕則是指著自己的鼻子，氣得頻頻發抖，為什麼是託夢給她啊？

綠豆這番話不但惹得阿帕一肚子怨言，也徹底激怒地上爬行的娃娃，只見它表情變得猙獰，情緒也激動起來，嘶吼著：「妳害死我爸爸……是妳害死我爸爸。兇手……把項鍊給我……」

「這娃娃說話怎麼這麼不連貫啊？爸爸跟項鍊怎麼牽扯在一起？」阿帕已經著急得感覺自己的頭皮都快要因為腦袋使用過度而自燃了，為什麼她一點都不明白這娃娃到底想表達什麼？「綠豆，妳什麼時候搞死過人家的爸爸？」

「這娃娃的爸爸是誰啊？是皮卡丘還是海綿寶寶啊？天底下那麼多玩偶，我怎知道是哪一個被我踩到或是丟掉啊？怎麼娃娃也會生娃娃啊？電影情節還真的在現實生活中上演啊？」

綠豆一臉茫然，她感覺得出來娃娃是對著她嘶吼。雖然納悶阿帕撿回來的娃娃為什麼衝著她來，不過也非常訝異娃娃明明是沒有生命的東西，硬要在塑膠材質的臉上擠出這麼多表情也真是難為它了。這恐怕是千萬分之一的機會才能瞧見的難得畫面，只是她一點都不想遇到這千萬分之一的機會啊！

原本在地上的娃娃猛然站得筆直，張大自己的嘴，朝著綠豆飛撲過去。還好綠豆始終在警覺的狀態之下，在空間狹小的椅子上，及時想起駭客任務的閃身動作，雙肩連忙向右轉動九十度，輕輕鬆鬆閃過。

怎知道就是這麼巧，在綠豆身後的就是站在桌上的阿啪，娃娃的高度正好趴在阿啪的左大腿上。只聽見阿啪慘叫一聲，在綠豆的面前上演八爪章魚踩蟑螂的經典畫面，只是她高八度的叫聲實在尖銳得差點震裂綠豆的耳膜。

第八章　童話事件（八）

不過現在不是計較這種小事的時候，綠豆也顧不得自己害不害怕，一把抓起娃娃，急著想把它扯開。但是娃娃就像黏在阿啪的大腿上，移動不了一分一毫！

「綠豆！快點把它拿開！快點……」阿啪已經急得大哭，大腿上那隻會走會動還會說話的娃娃更是讓她差點沒嚇暈，現在還能保持僅剩的理智，已經是佛祖保佑了！

綠豆一聽到阿啪的哭聲，更是慌張得無法思考，完全不知該如何是好。阿啪見綠豆也傻在原地，當下只能自力救濟，隨手抓起擺在筆筒裡的剪刀，奮力地往娃娃的眼睛一戳！

娃娃的眼珠子滾了下來，不知道是娃娃也跟人一樣有痛覺，還是阿啪的動作太過粗魯，一時之間，娃娃鬆了手，轉眼就掉在地上。

娃娃搖搖晃晃，掙扎著要站起來，此時阿啪怒急攻心，只想著若是再讓娃娃站起來，那麼她能不能活著走出單位都是未知數了。

阿啪像突然嗑了一大箱興奮劑的卜派，抓起閒置在護理站的備用點滴架，高舉過頭，狠狠地朝正準備抬頭的娃娃猛然一擊，只見娃娃的頭瞬間和身體分了家，打飛的腦袋還不停在地上打滾。

俗話說的好，惹熊惹虎，就是不要惹到恰查某！阿啪此時呈現完全失控的狀態，雖然娃娃已經斷成成兩截，但阿啪沒有停下動作，繼續跳到娃娃的身上猛踩，直到娃娃的四肢和軀幹被踩扁，甚至完全分解，阿啪還是持續地猛跳猛踩。

「阿啪！阿啪！妳冷靜一點！」綠豆抓緊阿啪不斷跳動的身軀，急忙地大叫，擔心阿啪是不是受到太大的驚嚇而導致精神失常。「娃娃不會動了！妳別再跳了！」

「我不今天不把它打死，我就不叫阿啪！」阿啪又拿起點滴架，毫不留情地繼續砸向娃娃。

綠豆萬萬沒想到嬌小的阿啪在抓狂的時候竟然這麼恐怖，連點滴架都能當成雙節棍甩，可見人類的潛力果真無窮。

綠豆正努力地想擠出幾個字安慰她的當下，感應門的方向傳來一聲巨響，早就完全失去理智的阿啪，不得不停下手中毫無章法可言的攻擊行為。

兩人望向感應門，只見大門被狠狠踹開，門外站了一名黑壓壓的人影……

「孟組長?!」早就披頭散髮的阿啪趕緊丟下手中的點滴架，張大的嘴巴已經誇張得可以看見她的食道。

站在門外的高大黑影正是孟子軍，只見他一臉風塵僕僕、身形憔悴的模樣，想必從昨晚離開到現在還是沒辦法休息，看起來才會這麼狼狽。感覺起來也格外嚇人，若不是早知道他的身分，還以為從哪裡蹦出一個流浪漢。

「怎麼回事?我在門外按電鈴都沒回應，剛剛聽見有尖叫聲，我擔心出事，所以衝進來看看!」孟子軍解釋著，出於警務人員的警覺性，尖叫聲雖然微弱不明顯，不過他卻直覺認為單位裡面有狀況。

阿啪張口無言，一臉錯愕又慌亂，活像是被抓姦在床的淫婦，張大嘴巴卻久久吐不出一個字，模樣說有多窩囊就有多窩囊，因為她實在不知怎麼解釋剛才的狀況。

反觀旁邊的綠豆，盯著感應門，呈現恍神狀態，現在她的腦海中才真正浮現「死定了」三個大字！護理長應該會比三更半夜從垃圾袋爬出來的娃娃更恐怖上百倍吧！

「綠豆，我真的有非常重要的事情，需要妳的陰陽眼幫忙！」孟子軍見兩人安然無恙，除了阿啪看起來好像經歷一場浩劫和散了一地的娃娃肢體之外，其他也看不出有什麼不對勁，當下也不管什麼場合，直接提出自己的要求。

綠豆回頭，危險地瞇起自己的綠豆眼，「有什麼事情比我的性命更重要？難道你不能用正常的方式走進來嗎？現在你把門撞壞，我明天能不能走出這扇門都是很大的問題啦！」

綠豆現在有種欲哭無淚的絕望心情，上回依芳撞壞感應門，差點沒被護理長踢回家吃自己。現在感應門再次受重創，只怕不是回家吃自己這麼簡單，搞不好連小命都不保了！

「門是小事，我打一通電話，請人來修理就是了！只要妳肯幫忙，要我在天亮之前把這門翻新也沒問題！」孟子軍別的不敢說，搞破壞倒是一流，找專家修復自然也有門路，一通電話隨傳隨到！

綠豆一聽到「天亮之前」這幾個字，兩隻眼睛瞬間迸出燦爛的光芒，讓人難以直視，「只要你能在阿長發現以前修好這個感應門，就算要我以身相許也沒問題！」

現在只要有人幫她解決眼前的難題，就算要她下地獄，也絕對在所不辭！

「不……不用以身相許……」孟子軍被綠豆的主動給嚇得七葷八素，難道護士界都喜歡以身相許？還是他遇到的護士都喜歡用這種方式報恩？

他趕緊清了清喉嚨，試圖拉回正題，「妳只要跟我去姜家一趟，看看是否有什麼不對勁就好！就這麼簡單！」

雖然這方式有點蠢……不，應該說非常蠢，沒有一個受過正規訓練的警察會做出這種事情，找個陰陽眼來協助辦案，還是不怎麼可靠的陰陽眼。但案情再這樣毫無進展，別說又被哪個多事的記者在報上指責他們警方辦事不力，連他自己也是寢食難安。

孟子軍飛快地拿出姜采潔的照片，遞至綠豆面前，「這是發現屍體的第一現場，仍然是科學無法解釋的死亡方式。」

接過將近十來張照片，綠豆飛快地掃過所有的畫面，第一次看到像被風乾且壓縮成球狀的屍體，免不了目瞪口呆地久久回不了神。

如今有個可以合法帶著槍械在街上四處跑的男人就站在眼前，阿啪的心情總算是稍微平靜了一些，雖然還是不放心地踢了地上的娃娃幾腳，確定娃娃再也沒有動靜，才接過綠豆手中的照片，以緩慢的速度翻看著怪異屍體。

「孟子軍，咱們醜話先說在前頭，我不見得能幫上忙，不過這門是絕對要在天亮之前修好。」比起眼前的命案，綠豆比較擔心天亮之後，自己的名字有可能出現在社會版的頭條新聞。

「這是當然！」他點頭承諾，這感應門今日會淪落到這樣悲慘的下場，也是因他而起，雖然是出於好意，不過要他負責也不算過分。何況現在死馬當作活馬醫，用一扇門換命案的進度，很划算！

綠豆滿意地咧開嘴時……

「綠豆！」阿帕一聲高八度再乘以兩倍的恐怖叫聲，徹底超越人類所能承受的音頻，綠豆現在只覺得耳朵嗡嗡作響，懷疑自己的聽力已經呈現受損狀態。

「阿帕！妳講話就講話，能不能控制一下妳的音量？我不想成為全臺第一個被尖叫聲嚇死的受害者！」綠豆的聲音力度一點也不輸阿帕，現在真正感覺耳朵遭到摧殘的人是孟子軍才對。

但總是急著回嘴的阿帕卻一反常態地沒有反駁，甚至著急得連話都說不出來，她猛然扯著綠豆的衣領，拉她靠近手中的照片。

綠豆張嘴準備開罵，但當她定眼再次仔細端詳眼前的照片，突然冷汗直流，連呼吸都覺得空氣異常稀薄，還帶著直竄四肢百骸的冰冷。

綠豆此時的臉色比踩到狗大便還要灰暗，她轉向阿帕，只見阿帕一臉沉重，像是突然秀逗的機器人，沒辦法控制速度地猛點頭。

一旁的孟子軍看不懂眼前到底在上演什麼樣的劇情，心底卻知道她們可能發現了什麼。

「孟子軍，這照片什麼時候拍的？」綠豆急忙地關心起手中的照片，一改先前略帶敷衍的語氣，取而代之的是緊繃的壓抑。

「這是昨天在案發現場所拍攝！也就是我接到電話的那段時間。」他想也不想地回答。

只見綠豆和阿啪兩人狠狠地倒抽一口氣，死命地緊盯著手中的照片。

「這怎麼可能？」阿啪開始口齒不清，正確地說，她的腦神經不知道已經斷了幾條，只怕再斷一條，她就要和這可愛的世界說掰掰了。

綠豆指著照片，卻不是指向浴缸裡面的屍體，而是照片裡的陰暗角落，那裡坐著一尊穿著綠色衣服的洋娃娃，就和現在躺在地上、支離破碎的洋娃娃一模一樣……

第九章　童話事件（九）

昨天拍攝的照片，那個時間點，阿啪和綠豆正在會議室，進會議室之前，不是才將娃娃塞在備餐室裡的置物櫃？

孟子軍見兩人的臉色這麼難看，察覺事情有異，阿啪急著比手畫腳，一鼓作氣將所有怪事全都說了出來。

孟子軍聞言也是一臉詫異，實在難以想像散在腳下的塑膠人偶竟然和照片裡面的娃娃完全相同。

「妳們確定是同一個娃娃嗎？市面上會推出同系列的娃娃，若是出現完全一樣的娃娃也不是不可能！」孟子軍的聲音裡透露著壓抑的興奮，只要是一點點的線索，都足以讓他雀躍許久，沒想到大家只一味地注意有沒有凶器、命案如何發生、是否有他殺嫌疑，卻沒發現一尊娃娃出現在浴室的角落的確是相當突兀的景象。

只是目前情勢不明，仍然必須小心求證才行！

綠豆突然指著娃娃身上的衣服，「一樣的娃娃可能有數百個，不過你看它身上的衣服，有縫補的痕跡，之前我注意過娃娃身上的衣服縫補得歪七扭八，所以我有印象，你看照片裡面的娃娃，它的衣服就是這樣！」

一般產品要賣相好，絕對不容許有瑕疵，廠商絕對不可能推出服裝不整，看起來手工粗糙的娃娃。

雖然孟子軍面對這始終找不到解釋的命案早有了心理準備，但乍聽之下仍然覺得相當不可思議，到底這娃娃為什會出現在這邊？和命案又有什麼關鍵性的連結？怎麼感覺有了一絲絲的線索，卻又讓迷霧再加深了一層？

「我現在必須趕到姜家去，通常命案現場都會封鎖，絕對不會有人移動物品，我要親眼確認照片裡面的娃娃還在不在！」他一掃先前的頹然，重整精神，打算立即出動。

此時阿啪像是想到什麼，立刻在背後嚷著：「孟組長，你順便看能不能找出和項鍊有關的線索！」

娃娃嘴裡一直喊著項鍊，感覺它會找上門有絕大的原因是為了項鍊。不過阿啪現在仍然猜不透這娃娃當初為什會出現在地下室，被她撿到應該只是意外，那麼它會不會找錯人了？

孟子軍點點頭，剛毅的表情讓人不自覺就浮現信賴感。但當他正要走出單位的時候，綠豆又急著擋在大門面前，不讓他走出去一步。

「等……」綠豆猛然爆出的嗓音裡有著沒辦法掩飾的緊張，「你的照片！你手中的照片……」

此時，孟子軍納悶地舉起拿著照片的右手，只是還來不及看清怎麼一回事，出於本能反射，直接把照片給用力甩了出去。

宛若天女散花的照片在半空中紛飛，唯獨拍到娃娃的那張照片停留在半空中。一張小小四乘六的平面照片，在這一瞬間轉變成3D立體，原本坐在浴室角落裡的娃娃，像是隔著一層薄膜被困在照片裡，一貫微笑表情的塑膠娃娃，竟然發出獰笑，慢慢地站起身，想走出照片。這和七夜怪談的貞子根本如出一轍，這傢伙分明就是模仿……

「怎麼……怎麼又來了？」阿啪的五官像是被故障的洗衣機攪成一團的衣服，好不容易以為可以鬆一口氣，怎麼娃娃的實體被踩爛了，現在卻又要從照片裡跳出來？

照片裡的它一反先前的急躁，不急不徐地走上前。只見它的頭越來越大、越來越靠近，特寫畫面已經看不出它的表情，扭曲的五官顛覆娃娃該有的甜美，塑膠材質像瞬間融化般，整張臉就像一灘爛泥，眼睛和嘴巴都融在一起。

娃娃的手伸向前，奮力地想衝破這層隔閡，這時孟子軍想也不想，直接掏出槍來。

「不可以！這裡是醫院，連抽菸都不准了，何況開槍？」綠豆趕緊大叫制止，開什麼玩笑？萬一在她上班的單位開了一槍，別說她報告寫不完，現在已經在黑名單上排行第一名的她，若再出一丁點差錯，都有可能淪落到寧願自我了斷也不願意面對護理長的下場。

「趕快把照片燒了！」阿啪也急忙貢獻出自認為相當受用的意見。

「不行！」孟子軍這時總算在震驚中稍稍回復理智，「這張照片算是物證，不能損毀！」

「這樣也不行！那樣也不行！現在我們怎麼辦？」阿啪實在很想再大哭一次，不過現在光是哭也無濟於事……

這時綠豆趕緊問道：「你有沒有帶手機？我打給依芳！快點！」

孟子軍趕緊掏出口袋裡的手機，綠豆一接過手機，想也不想地撥出早已經背得滾瓜爛熟的數字，畢竟她遇到怪事的機率是別人的上百倍！

「哪家的手機？沒訊號啦！」綠豆哇哇大叫，現在都火燒屁股了，就算她把電話當成救命專線也沒用，因為她打了半天卻什麼聲音都沒有，手機的訊號連一格都看不見，當下氣憤地想把手機砸個粉碎，不過礙於這手機不是自己的，明明氣得直跳腳，卻無處發洩！

這時阿啪趕緊衝到護理站，拿起電話，邊按下快速鍵，邊嚷著：「電話線不需要訊號，用電話打！」

每次災難電影不都上演手機收不到訊號的戲碼，總要千辛萬苦地找到一支市內電話或公共電話才能求救？現在就是活生生、血淋淋地上演著同樣的悲情災難片，只差在他們不用拔山涉水。

「喂！總機小姐，我要撥手機號碼，號碼是09XX……」阿啪邊報數字，邊注意照片的動向，現在娃娃的手已經伸了出來，就連其中一隻棒棒腿也跨出照片了……

「等等，請問妳哪各單位？有什麼事情需要在這時間撥打手機？」總機小姐不等阿啪把數字報完，直接開啟絕不例外的常規疑問句之維安機制。

大部分的醫院嚴格限制撥打電話，為了避免工作人員濫用電話，醫院電話只能撥打分機和一般室內電話，若有急事要撥打手機，必須透過總機過濾之後再代為撥打，等於多了一道手續。

此時阿啪看見娃娃的腦袋已經快要跟著擠出照片，敵我雙方展開前所未有的廝殺。只見綠豆隨手拿起打狗棍（點滴架）使出打狗棒法其中一式「棒打狗頭」，招式不但凶狠，而且帶有必殺的氣勢，就這樣毫不留情地敲上娃娃的腦門。接著一招「狗急跳牆」，奮力跳躍半人高，再次狠狠重擊一次，娃娃的腦袋瞬間歪了一邊。

一旁的孟子軍則是拿起屠龍刀（單位放心安的棒球棒），看他高高舉起的架式，有種風雨欲來的狂暴，只見氣勢如虹的猛力一擊，原本歪了一邊的娃娃頭，又轉了回來！

只是兩人這樣敲敲打打，娃娃除了腦袋轉來轉去，好像沒有受到多大影響。

若不是阿啪也牽扯在這次的事件裡，不然看到他們那副拚命的模樣，實在有點搞笑。但阿啪此時冒的冷汗比今天喝的飲料還要多、還要冰涼，電話另一頭該死的總機小姐還語帶輕鬆地問些無關緊要的廢話？

「小姐，若是妳無法解釋為什麼需要打這支電話，根據醫院的規定，我沒辦法撥號……」

雖然總機小姐的聲音溫柔婉約，說話速度不急不徐，但從容有禮的對話已經讓阿啪急躁起來。她能老實跟總機小姐解釋目前的遭遇嗎？能告訴她目前的戰況好比八二三炮戰這麼轟轟烈烈、精采絕倫嗎？能告訴她三更半夜爬起來的娃娃就像以一抵百的戰車，快要把他們三個擺平了嗎？可以嗎？

阿啪是很想這麼做，不過她沒這麼帶種，萬一被誤認為精神科的病患亂打電話，這下子更別妄想可以打通電話了！

「反正是非常重要的事情，請妳立刻幫我撥電話！」一時之間，要她怎麼找理由？在緊張又混亂的情況下，平時瞎掰的理由連一條都想不出來。

眼前，娃娃的手臂已經抓住綠豆手中的點滴架，實在難以想像那麼小的塑膠手臂，竟然能連點滴架帶人一把托起，一甩就甩到角落去，剩下孟子軍一臉驚恐地持續奮鬥。

「小姐，請問有什麼重要的事情……」總機小姐面對阿啪不耐煩的語氣也開始產生反感，聲調也起了變化。

「我的病人快斷氣了，他死前唯一的請求就是打通這支電話，妳說急不急？

急不急啊？妳說啊？快點給我接通電話，不然變成厲鬼也絕對不會放過妳！」阿啪忍不住對著話筒咆哮，實在是忍無可忍，在這麼剉賽的時刻還遇到這麼盧的總機，就算她有十顆心臟，也禁不起這樣的折騰啊。

總機小姐這回識相地幫忙轉接，不再繼續囉唆，不過不難想見她應該是在心中暗譙阿啪。但阿啪一點也不在乎，她現在只想趕緊聽見依芳的聲音。

話筒裡果然傳來一名女子的聲音，阿啪的嘴邊瞬間掛上欣喜的笑容，只要接上依芳，那麼這一切都將有轉機。

「您所撥的電話目前未開機，請稍後再撥……」

第十章　童話事件（十）

靠勒！依芳的電話沒開機……

這下好了！這下子沒戲唱了！阿啪絕望似地丟下話筒，現在該怎麼辦才好，沒有依芳，表示大家要窩在這裡等死嗎？

「依芳沒開機，大家看著辦吧！」阿啪開始四處張望，注意有什麼東西可以當武器，現在只能女兒當自強了！

已經倒在角落的綠豆聽到這壞消息，又是一陣哀叫。不過她現在沒時間分神罵依芳，因為連孟子軍也被它伸手抓住衣領，壯碩的身形就在自己的頭頂低空飛過，好巧不巧摔在她的隔壁，兩人看起來和街上的流浪狗相差無幾！

阿啪見狀況如此慘烈，也不敢貿然出場逞英雄，又是一如往常地縮在護理站的桌子底下，眼前已經完全將腦袋伸出來的娃娃徹底占據他們所有的注意。

「現在到底誰才是玩具啊？我們被它丟著玩欸！」綠豆拚了命地往後縮，不過她的位置就在牆角，只見雙手雙腳努力划動，卻只在原地做做樣子，根本徒勞無功。

綠豆若是乖乖躲在角落還好，這麼一出聲，娃娃的腦袋猛然轉向她，已經不在原本位置上的眼睛迸射出凌厲的陰狠眸光。它這模樣跟掛在牆上的動物標本沒啥兩樣，唯一的差別是動物標本不會轉頭，臉也不會這麼醜……

「凶手！把那條項鍊給我！」娃娃對著綠豆大叫，這回它說話清晰多了，而且充滿怨恨，是恨不得將綠豆碎屍萬段的語氣。此時若不是它急著要項鍊，恐怕一把就撕了綠豆好宣洩心中的怒火。

「它到底要什麼項鍊？為什麼它叫妳凶手？」警察果然對凶手這兩個字相當敏感。

「你這問題要我去問誰？我也是昨天才見過它，它還是阿啪在地下室撿回來的，要找也應該是找阿啪，怎麼會是找我？」綠豆背後一陣陣的疼痛讓她不得不承認現實情況的惡劣，為什麼依芳這該死的傢伙不開機！

縮在桌子底下的阿啪見他們兩個還有閒情逸致閒聊，心底一把無名火燒得她血液沸騰，忍不住尖叫：「你們還不快點想辦法？娃娃要跳出來了！」

原本應該乖乖坐在照片裡面的娃娃，如今只剩下一隻腳就可以完全脫離無形的桎梏，萬一娃娃真的跳出來，方才的戲碼不就又要重來一遍？

這時綠豆的腦海中猛然浮現一些關鍵畫面，二話不說就轉向孟子軍，伸長雙手開始在他的身上一陣瘋狂摸索，甚至相當粗魯地撩起他的衣服。

「欸！妳幹什麼？現在不是做這種事情的時候吧？」孟子軍扯開喉嚨大叫，先前在庫房的時候，綠豆說要手牽手一起下黃泉的那番話讓他不舒服好長一段時間，現在又是在這種十萬火急的時刻對他動手動腳，這傢伙的腦袋到底在想什麼東西啊？

綠豆看也沒看他一眼，急促地叫著：「現在不這麼做的話，等到我們都走上奈何橋就來不及了。」

什麼話啊？這女人有需要在這麼急迫的當下霸王硬上弓嗎？他不是那麼隨便的男人欸！

「綠豆，我也是有血有淚的男人，妳尊重我一下行不行？」他趕緊將被拉開的上衣蓋住自己的肚臍眼，表情看起來比先前還要慌張。

「現在都什麼時候了？尊重秤斤還沒重量哩！」

綠豆的手已經往他的腰部以下開始摸索，一向在外面衝鋒陷陣的孟子軍嚇得臉色發白，慌亂地夾緊雙腿，只見綠豆的手摸向他的口袋，喃喃嚷著：「警徽呢？警察不都要把警徽帶出來？你到底放在哪裡？」

警徽？一說到警徽，孟子軍像瞬間被打醒，他記得依芳曾經說過，有正氣的警徽的確有避邪的作用！

他立刻從懷中掏出皮夾，拿出來的瞬間還令綠豆為之傻眼，剛剛在他身上摸了那麼久，明明什麼也沒摸到，怎麼他這麼快就拿出來了？

孟子軍翻開皮夾，裡面放置著一張員警識別證，所謂的警徽就是識別證上方的圖騰。

孟子軍有警徽在手，瞬間勇氣也來了，拚了全力向前一跳，眼明手快地將警徽貼在娃娃的臉上，嘴裡大喝著：「進去！給我乖乖在裡面坐好！」

說也奇怪，娃娃一碰到警徽果然縮了一下，奮力掙扎地將他的手拉開，無奈娃娃的身材比例問題，腿短手也短，以娃娃手臂的長度，搆不著孟子軍強而有力的手。

「我絕對不會放過你們任何一個……絕對不會……我要所有對不起我的人全都死光光……我要……你……們……都死……」娃娃被警徽壓制得動彈不得，只能在孟子軍的蠻力之下，漸漸被推回照片之中，直到照片表面回復完全的平滑為止。

「還好它不是芭比娃娃！」桌底下的阿啪手腳靈活地竄出來，「如果是腳長手長的娃娃，鐵定又是一番搏鬥！」

孟子軍第一時間將警徽和照片重疊在一起，就怕照片裡面的娃娃再作怪，不過娃娃最後說的那幾句話還是令人渾身發毛，感覺在場所有人全都牽扯到這淌渾水裡面了。

「這件事情實在太莫名其妙了，原本只是姜家命案，怎麼現在好像和綠豆有關連？如果不調查清楚，我擔心下一個受害者……」

這孟子軍說話就說話，為什麼說話的時候，兩隻黑黝黝的眼珠子不停地在阿啪和綠豆的身上轉啊轉，看得兩人不只渾身發毛，是不安得連身上的毛都掉光了。

「不會吧?!」綠豆故作輕鬆地乾笑兩聲，但笑聲中有著騙不了人的抖音……

「要怎麼調查？」阿啪急得猛搔頭，眼看頭皮都快被她抓出一個大洞，「如果查不出來怎麼辦？娃娃不知道又會從哪裡爬出來，它看起來比恰吉還要恐怖一百萬倍，起碼恰吉的五官沒融化。」

「我會努力收集資料，不過今天下班之後，必須趕緊和我去姜家一趟，看看有什麼發現。」孟子軍已經察覺這件事情恐怕不簡單，事不宜遲，急忙地就往單位外面移動，他必須再次將姜家的所有資料都調出來重整。

怎知，綠豆再次拉住孟子軍的胳膊，不讓他離開……

這次，又有什麼事情？阿啪和孟子軍的心臟又開始不由自主地強烈震動。

只見綠豆陰森森地指著前方，臉上還呈現部分陰影，開口一字一字道：

「拜託！離開之前，想辦法先解決那扇門！」

還好有孟子軍的人脈，也好在三樓除了他們單位沒有什麼人，花了不到兩小時的時間，就讓感應門和先前沒什麼兩樣，成功瞞過護理長的雙眼，兩人才有辦法準時下班。

只是兩人才剛踏出單位，就發現孟子軍早就站在門外守候。他一見到綠豆，連基本的寒喧都省略，直接上前道：「我昨晚到命案現場一趟，那裡根本就沒有娃娃，而且我特地在今天一早詢問當天的鑑識人員，根本就沒人看過這娃娃！」

阿啪和綠豆兩人突然有種被打槍的感覺，那麼昨天他們看到的照片是怎麼一回事？

「娃娃在市場上的流通量非常大，幾乎每戶人家都有可能會出現各種不同的娃娃，這實在無從查起，唯一能夠確認的……只剩下一個人了！」孟子軍面有難色地悠悠嘆口氣。

「能確認的應該就是住在這房子的主人，不是嗎？這很困難嗎？」阿帕直接說出自己的想法，只要是住在房子裡面的成員，對自家的物品就算不熟悉，也會有印象，只要找出娃娃的主人是誰，或許就有線索了。

孟子軍沉重地點頭，「話是這麼說沒錯！但姜家現在只剩下陳寶琴，也就是姜家姐妹的媽媽。自從姜家接連發生兩起命案之後，她的精神狀況非常不穩定，所以她現在正在妳們醫院的精神科接受強制性的治療！」

通常需要接受強制性治療的精神病患者不是有嚴重的攻擊傾向，就是有自殘行為。透過司法單位要求的強制性治療更是慎重，一般為了避免刺激病患，同時避免傷害自己與他人而採用隔離方式，就算是家屬或是警方要會面也必須配合病患的精神狀況，沒辦法說見就見。

「在我們醫院？」阿帕一聽到在本院，原本不怎麼明顯的細長眼睛登時睜大，「如果在本院，我們可以找精神科的林醫師商量看看，或許他可以通融讓我們進去！」

雖然精神科的管制很嚴格，不過若是能請本院精神科的權威醫師通融一下，應該不是太困難的事情才對。

綠豆聞言，也認同地點點頭。儘管她天生雞婆，原本對於整件事情還是處在被動狀態。不過自從孟子軍自動找上門，阿啪撿了一個不需要電池就能「趴趴造」的娃娃之後，她就莫名其妙地被捲進看似跟她完全沒什麼關聯的事件當中。雖然無奈，卻不得不坦然面對。

「既然這樣，我們現在立刻過去精神科！」綠豆二話不說便朝著隔壁棟的院區移動，現在她只想快點解決這件事情，不希望睡到一半時，有隻拿著菜刀的娃娃站在床前大叫她就是凶手！

而且她非常急著想知道為什麼娃娃看起來這麼恨她，她明明什麼事都沒做啊！

三人一路奔至精神科，雖然大家同在一家醫院，不過分科不同，所在的院區也大不相同。何況精神科算是特殊科別，所以獨立一棟大樓，並未和其他科別合併使用。

一進去精神病棟，裡面進出的人少之又少，身上的顏色不是象徵醫護人員的白，就是代表病患身分的淺綠色，除此之外沒有其他色彩，可見這裡沒有其他閒雜人等進出。正確地說，除了工作人員之外，也沒有人想在這邊進出！

精神病棟的後方有一大塊空地，提供病患活動的空間。經過空地的孟子軍張望四周，發覺出來曬太陽的病人不是仰天痴痴傻笑，就是有椅子不坐，蹲在地上動也不動，再不然就是對著前方自言自語，周遭的護理人員則是小心地觀察這群病患的一舉一動。

整個環境看起來清幽僻靜，沒有什麼紛擾，病患們也都可以在這個區域內自由活動，看不出精神病患有什麼可怕，和印象中的「瘋子」大不相同。

阿帕似乎看出他眼中的疑惑，忍不住多嘴解釋：「精神病患也是有急慢性之分，不是每個精神病患都有攻擊性，也不是整天都會發作。像這些病患屬於慢性病患，病情比較穩定，所以可以出來活動。至於急性患者就不同了，大部分都需要強制治療，病情嚴重還需要隔離治療。你口中的陳寶琴，應該就是屬於急性患者！」

「欸！林醫師在那邊！阿啪，妳跟林醫師比較熟，快點過去跟他說一下！」綠豆猛然瞧見林醫師和另外一名護理人員正拿著藥典交頭接耳，看樣子正在討論病患的用藥。

阿啪臨危受命，抱著壯士斷腕的決心點點頭，「等一下我跟林醫師說話的時候，你們誰也不要提起任何和怪事有關的字眼！林醫師是出了名的討厭怪力亂神，只要他看不順眼，就算把院長搬出來放在他眼前，他也一樣連甩都不會甩的！」

綠豆拚了命地點頭，關於林醫師的傳言也不是沒聽過，人家都說長期走精神科的醫師就連自己的精神狀況也會異於常人。不過這種說法，阿啪和綠豆根本是嗤之以鼻，因為這位林祐溪打從出生起性格就異於常人，若不是他真的很會讀書，又專攻精神科，不然以他那種與世俗格格不入的脾氣，應該很難生存吧！

用淺顯易懂的解釋，就是他比較適合和精神不正常或是臭味相投的怪咖相處，例如身邊的阿啪就是這類型。

「林老大！嘿嘿嘿！」阿啪趕緊堆起看起來很假的笑臉迎上前去，展開猴子世界裡獨特的社交方式，「好久不見啦！」

「有什麼事情快說！」和阿啪的熱情相比較，林祐溪的反應可說是極大的反差。

他這種態度，讓孟子軍一肚子不爽。眼前的林祐溪看上去也大不了綠豆幾歲，髮型看上去就是和馬英九沒什麼兩樣的西裝頭，中規中矩的襯衫加上領帶，連襯衫上的第一顆釦子和袖釦都釦上，不難想見他的個性有多死板。

只是一張娃娃臉加上無框眼鏡，卻讓他顯得稚氣。之前孟子軍還以為他是那種老態龍鍾，已經一腳跨進棺材的老學究，怎麼知道看起來卻像個學生？看他穿著的醫師袍長及膝蓋，沒想到年紀輕輕就當上了精神科的主治醫師。但孟子軍心想，他也不過是個醫師，有必要這麼跩嗎？

阿啪卻一點也不生氣，好像早就習以為常，「林醫師，我們想探病，病人叫陳寶琴，通常急性患者都是由你治療，拜託你通融一下。」

一聽到陳寶琴的名字，林祐溪原本像鐵板一樣硬邦邦的表情終於起了變化，抬頭看看眼前的三個人。阿啪就別說了，同一個社區的鄰居，就算不熱絡也有見面三分情。綠豆雖然不熟，也還認識，但是旁邊那個緊繃著一張臉的男人卻是全然地陌生，一衝進來就說要見患者，把精神科當作外面的廉價酒店，來去自如還可以包出場嗎？

「她現在不適合會面，而且她目前是警方列管的病患，不方便！」林祐溪講話一向簡潔有力，絕不拖泥帶水。他說話最多的時候只在兩種情況，一種是說夢話，另外一種就是和病患會談的時候。

「我就是警察，刑事組長孟子軍！」孟子軍亮出自己的識別證，這下子林祐溪沒什麼話好說了吧！「我有很重要的問題必須詢問病患！」

林祐溪不著痕跡地嘆了一口氣，「既然警察都開口了，那我也沒什麼話好說。不過以陳寶琴目前的精神狀況而言，我必須事先聲明，現在她所說的每一個字都沒辦法成為呈堂證供，而且為了保險起見，我必須在現場。」

他必須先把醜話說在前頭，因為陳寶琴入院至今，病情不但沒有絲毫改善，甚至越來越惡化，胡言亂語的頻率越來越高。林祐溪自認孟子軍就算見到了陳寶琴，只怕也問不出什麼所以然來！

在護理人員的帶領之下，一行人穿過冰冷的長廊，就算現在正值大白天，過度寂靜的長廊卻讓人有種說不出的陰寒，穿過長廊之後，映入眼簾的是一道感應門，直到護理人員拿出感應卡，大門才自動開啟。

一走進裡面，只有簡單的四間獨立式病房。

四間房上面編排著床號，從 101 到 105，因為醫院忌諱數字四，所以直接跳過 104。

「陳寶琴就在裡面，雖然目前為了保護病患暫時將她手腳固定住了，不過為了大家的安全起見，請別過於靠近病患！」

林祐溪開口交代，率先走入所謂的保護區。這裡居住的絕大多數都是有攻擊性的病患，病房外面所有的硬體設備都是最堅固的材質，以防病患衝出隔離區而對醫護人員造成傷害。例如除了外面的感應門之外，四間保護室更安裝了上鎖的鐵門，雖然安全，但看起來卻和監獄沒有差別。

他打開了其中一間隔離病房的鐵門，其他三人魚貫而入，但只敢站在離門最近，離病人最遠的位置。

病房其實不大，周遭的牆面是由特殊棉質構造所組成，可以緩衝病患在發病時衝撞的撞擊力，柔和的粉藍色系能平穩病患的心情，整個空間什麼都沒有，就怕病患發生意外或隨手拿來當武器。

整間保護室完全是為了病患的安全量身訂作，中間只有一張病床，床上躺著一名被五花大綁的女人，滿頭白髮，一臉皺紋，躺在床上喃喃自語，一會兒大哭，一會兒尖叫，不停地掙扎，急著想擺脫困住她的約束帶。

林祐溪朝孟子軍擺出「請」的動作，眼底卻帶著一絲戲謔和嘲諷，彷彿無聲地冷笑著：我看你能問出什麼東西！

第十一章　童話事件（十二）

孟子軍雖然看林祐溪不怎麼順眼，不過現在有更重要的事情急需處理，趕緊跨一大步上前，「陳女士，有些問題我想請教一下，妳認不認得……」

「我沒瘋！我真的沒瘋！為什麼要把我綁起來？我真的看到了！我真的看到它，為什麼不相信我？快點把我放開，它要殺我！」陳寶琴就像被困住的野獸，在床上劇烈地掙扎，朝著大家嘶吼的表情像是帶著莫大的痛苦，兩眼布滿血絲，額頭和脖子上的青筋就像扭動的青蛇，隨著她劇烈的動作在肌膚表層游動，乍看之下好像從電影裡面走出來的千年老妖。

孟子軍也被她這副模樣給嚇傻了，連忙問：「我見過陳寶琴……她不是這副模樣啊！你會不會帶錯房間了？」

陳寶琴雖然有點年紀，但也才四、五十歲上下，怎會是滿頭白髮，滿臉誇張的皺紋，像是短時間內蒼老了二十歲？

「她的確是陳寶琴！我不可能會搞錯自己的病人！」林祐溪刻意掩飾不耐煩的眼神，伸手推了推鼻梁上的眼鏡，雲淡風輕的語氣卻透露著強烈的不滿。他生來最討厭別人質疑，阿啪見狀趕緊暗示性地偷偷掐了孟子軍一把。

「她送進來的第一天也不是這樣，但在一夜之間像是受到極大的刺激，就變成這樣了！她的病情非常難以控制，不但有幻聽和幻覺的症狀，而且有明顯的被害妄想，有相當強烈的自殘和攻擊行為！」

一夜之間？其他三人不敢置信地睜大眼睛，思索著有什麼事情可以讓人在一夜之間白了頭？又不是在演食神……

「陳女士，我是刑事組的孟子軍，我想請教有關……」

「警察?!你是警察？你來得正好！快點把它抓走，把那廢物抓走！是它殺死我的女兒，可憐我的女兒就這樣不明不白地死了，我兩個女兒……活活地被糟蹋……死得好冤枉……現在它要來找我了！」

廢物？這是孟子軍第一次聽見有新的人物出現，不禁燃起希望，他暫時忘記娃娃的事情，這件事果然有其他人介入。

「妳說的廢物是誰？為什麼要殺妳和妳的女兒？妳知道他現在在哪裡？」

怎知道陳寶琴沒有回答，反而用盡全身力氣地大聲尖叫，掙扎得更加劇烈，看上去就快要掙脫約束帶了。

「把剛剛我交代要準備的鎮定劑拿進來！」林祐溪從容地轉向病房裝設的對講機，這種場面一點也嚇不倒他，他不慌不忙地逕自走向床邊，一把壓住陳寶琴的胳膊，說道：「以目前的狀況而言，她不適合接受問訊，你先幫我抓住她。阿帕，妳們還不快點過來幫忙固定約束帶？」

阿帕和綠豆這時才回過神，趕緊上前重新把陳寶琴固定起來，只是兩人一陣手忙腳亂的同時，陳寶琴突然歇斯底里地尖叫起來，「廢物，妳媽媽買給妳的娃娃丟了又如何？如果不是妳先動手打韻潔，我也不會這麼對妳……怨不得我……怨不得我！」

娃娃？除了林祐溪之外，其他三人像是高壓電流竄全身似地彈跳起來，剛剛她有提到娃娃嗎？

「是這個娃娃嗎？」孟子軍趕緊拿出先前那張拍到娃娃的照片，只是為了保險起見，將警徽放在照片的另一面。

當陳寶琴定眼瞧清楚娃娃的模樣時，瞳孔猛然一陣收縮，口中竟然湧出一大片白沫，整個人突然喘不過氣似地抽搐著，原本的尖叫聲也瞬間停歇，只是圓睜的雙眼死盯著照片，眼睛眨也沒眨，整張臉彷彿受到莫大驚嚇而極度扭曲。

「快把照片拿開！」林祐溪一聲大喝，想也不想立即揮開孟子軍停頓在病患眼前的照片，林祐溪完全不明白這到底是怎麼一回事，更不明白陳寶琴怎會有這麼強烈的反應，根本就是前所未見。

「病患已經呈現情緒激動的狀態，別再刺激病患了！現在我必須請你們立刻離開！」林祐溪相當不客氣地下逐客令，此時兩三名醫護人員陸續地奔進病房，狹小的空間頓時變得非常擁擠，三人趁著一片混亂，急忙地退出隔離區。

「好……好恐怖！我想回家了！」一鼓作氣跑出精神病棟的阿啪驚魂未定地嚷著，雖然她的小紫還躺在修車廠，不過她一點都不想再繼續介入這件事情，她寧願花錢包計程車回家！

雖然阿啪平時真的非常帶賽，不過每次都在關鍵時刻走狗屎運，居然從今天開始放年假，一放就是十天，也就是說她有一段時間不用出現在醫院裡，理所當然地可以選擇躲起來，這一回她仍舊選擇搬到廟裡長住，才有辦法安心睡覺。

阿啪抱著愉快的心情朝綠豆和孟子軍揮手道別，絲毫不理會臉色鐵青得像上了一層漆的綠豆。

「明明是這傢伙造的孽，為什麼是我在承擔後果？」綠豆咬牙切齒地嘴裡喃喃抱怨著。

一旁的孟子軍卻完全沉浸在自己的思維裡，自言自語道：「她對娃娃有反應，可見她認得那個娃娃，她口中的廢物到底是誰？」

陳寶琴一反先前訊問時的噤若寒蟬，實在令孟子軍受寵若驚，雖然意識不佳，不過說的話比之前多太多，雖然真實性仍然需要查證，但總比毫無頭緒好太多了！

「綠豆，妳需要先休息一下嗎？」看不出來外表粗獷的孟子軍也有貼心的一面，體諒綠豆今天剛大夜下班。

怎知綠豆完全不領情，「我被阿啪氣到精神好得不得了，我們還是先到姜家一趟，我也想早點知道那隻娃娃為什麼一直叫我凶手，而且它到底要什麼項鍊，又為什麼急著要項鍊？確定沒問題之後再回去休息，不然我根本睡不著！」

現在綠豆是人在江湖，身不由己，既然依芳不在，那麼她只好靠自己的力量找出所有的癥結了！

只是……確定沒問題再回去休息？孟子軍不置可否地挑眉，若要確定沒問題，只怕她今天不用睡了……

綠豆拿著手機不斷地按下重播鍵，電話另一端的回應卻千篇一律地進入語音系統，急得綠豆非常想摔手機，只是現在經濟太不景氣，她沒錢再換一支新手機，只好默默忍住。

「依芳這傢伙到底是怎麼一回事？總不可能一整天都不開機吧？」綠豆瞪著手機，頻頻嘆氣。

如今站在姜家門口，只是在進入姜家之前，綠豆心理上仍然希望能獲得依芳的加持，就算只聽聲音也多少能壯膽。但看著無聲的手機，心底的沉重又加深一層，偏偏情勢所逼加上自己又愛面子，根本就沒有退路了！

姜家是很典型的舊式公寓，沒有電梯，連電燈看起來也形同虛設，不知道為什麼，綠豆就是覺得眼前的姜家特別陰暗。雖然她沒有依芳的能力，但她的畜生第六感一向準得要命，反正她就覺得這房子有種讓人非常不舒服的感覺……一定是有什麼不對勁！

「孟……孟……孟子軍，等一下我們進去看一下就出來囉！」綠豆深吸一口氣，對旁邊的男人交代。

雖然她生性好管閒事，但也不怎麼喜歡飄在半空中的朋友，尤其它們每次出場都讓人驚心動魄。就算自己手中送走不少往生者，不過這次是直接來到命案現場，心底還是浮現沒法控制的恐懼。

孟子軍敷衍似地點著頭，一把推開姜家大門，因為周圍上了封鎖線，所以兩人的動作非常謹慎小心，就怕破壞現場。

一進屋內，撲面而來的是非常奇特的味道，有點像福馬林，卻又有著潮濕的霉味，頓時讓綠豆連打了好幾個噴嚏。以人類打噴嚏的動作而言，根本沒辦法張開眼睛，只是在噴嚏和噴嚏之間，微張的雙眼卻閃過一道黑影……

綠豆頓時睜大眼再看一次，什麼影像也沒有，徒留冷得讓人發顫的陰寒。

綠豆轉頭想拉孟子軍壯壯膽，但是……郎勒？這傢伙什麼時候消失不見的？好端端的人為什麼會不見？難道這屋子會殺人滅口於無形？孟子軍該不會已經無聲無息地為國捐軀了吧？

「孟子軍？」綠豆轉頭發現他並未如預期地站在自己身邊，周遭空蕩蕩得只剩下空氣，所有的驚恐全在喉嚨的位置集合瞬間大爆發，別說食道，就連她的胃都能透過喉嚨看得一清二楚。

「碰！」一聲足以震破玻璃的漫長尖叫還沒結束，屋子的另一端突然傳來不小的聲響，原本沉浸在尖叫世界的綠豆瞬間收聲，還差點岔了氣。

「誰?!是誰?」綠豆剛喊了那一聲已經耗盡全身的力氣，現在又有未知的突發狀況，她整個人已經快要虛脫了。

怎知，沒多久就瞧見孟子軍偉岸的身影從轉角處竄了出來。

通常這種情景，男主角會帶著一臉強烈的保護欲，體貼入微地柔聲安慰，女主角則會一臉哀悽地衝進男主角的懷抱，楚楚可憐地低聲啜泣，最後梨花帶雨地輕說「你千萬不可以離開我」為結尾。

言情小說不都這麼寫的嘛……

「幹嘛幹嘛?妳叫什麼啊?」孟子軍一衝出來，就急著大聲嚷嚷，剛才被她的尖叫聲嚇得魂不附體，一時情急才會撞上牆邊的桌角，現在正痛得齜牙咧嘴。

唉……可惜現在不是上演浪漫愛情喜劇的時候，綠豆飛快地衝到他身邊，完全不顧形象、面目可憎，甚至比潑猴還像潑猴地在他耳邊叫囂著：「不准隨便離開我的視線，我剛還以為你已經慷慨赴死，從容就義了!害我差點……」

「差點怎樣?」看到她情緒這麼激動，他突然想起眼前的綠豆雖然沒什麼女人味，但也不是男人，總不能像面對自己的女性同事一樣當男人看待吧？

搞不好她想說些感性的話也不一定，女人嘛，總會在這種需要男人保護的時候說些應景的臺詞。

「差點落跑啊！明知道這裡有古怪還不跑，我又不是智障。」綠豆別說沒有女人味，她現在看起來也不像女人，坦白得令他有種快要高血壓的感覺。

孟子軍頓時完全不想說話，但綠豆卻非常自動地拉住他的手臂。她沒有所謂的男女授受不親的死板想法，也沒有應該要保有女性最後矜持的這種高格調，眼前這種步步危機的狀況下，當然是保障自己的生命安全最重要。現在沒有依芳在場，只剩下孟子軍的警徽能勉強產生作用，當然死都不能讓他離開自己身邊。

兩人在屋內簡單地晃了一圈，綠豆覺得整間屋子有種壓迫感。遮蔽光線的窗簾使氣氛更加陰森，周遭也特別昏暗，空氣中帶有難以形容的黏膩感，緊閉的窗戶讓屋內的空氣顯得特別渾濁，讓人呼吸不順，不過卻沒有發現什麼特別的異狀。

「沒看到什麼！」綠豆再次掃了周遭一眼，簡單的客廳，一間衛浴和三間房間，除了髒亂，看不出有什麼異常。這間屋子是常見的建築規格，狹窄而簡單，除了兩處有粉筆畫出人形的地方讓她覺得非常不舒服之外，這裡和一般的住家沒什麼兩樣。

綠豆的回答讓孟子軍非常失望，原本期待綠豆能發現正常人無法察覺的線索。

「咦！」綠豆突然皺起柳眉，拉著孟子軍走上前，指著其中一間房間，只是這稱為房間實在有點勉強，這裡小得只能容納一張單人床，剩下的空間僅能讓一人走動，若要住人實在有點勉強，所以顯然是被當成倉庫，裡面堆滿了雜物。

「怎麼了嗎？我們檢查過很多遍，裡面沒有什麼特別的物品，不是玩具，就是不要的故事書，剩下就是一些不需要的家用品。」孟子軍不明白她為什麼對這間倉庫特別有興趣，這間倉庫是整間屋子裡最不起眼的空間了。

只見綠豆臉帶疑惑地走上前，抓起散在雜物中的故事書，那是著名的《灰姑娘》。

她不期望能在書中發現什麼，只是隨手抓些東西，今天雖然沒什麼貢獻，好歹也算相當盡責，純粹碰碰運氣、做做樣子。但才翻沒幾頁，斗大鮮紅的「恨」

字意外地躍入眼簾……

綠豆的心跳不期然地加速，心想不會吧，走在路上踩狗屎都沒這麼準！

她不信邪地一連翻了好幾頁，但上面不是「恨」就是「死」，全是注音拼音，強烈的怨恨在書頁中一覽無遺。

「這是怎麼回事？」孟子軍稍稍扭動自己的頸部，萬萬沒料到一本小小的故事書裡，竟然會有這樣令人怵目驚心的字眼。也壓根想不到小孩子的故事書裡能有什麼線索，怎知道讓綠豆瞎貓碰到死耗子，莫名其妙地發現。

孟子軍再次轉動脖子後，趕緊拿起其他的故事書，連續翻閱好幾本，完全沒有任何異狀，看樣子就獨獨這本灰姑娘……與眾不同……

「這是姜家姐妹的童話故事書嗎？這些字不像是用筆寫的，很像……很像是血，而且這些全都是注音，應該是小孩子的筆跡。」綠豆的語氣受到情境的渲染而顯得高昂了一些，但也陷入一片愁雲慘霧當中，這本童話是誰的？為什麼要寫下這些情緒性的恐怖字眼？

「對了！」綠豆猛然抬頭望著孟子軍，「那個娃娃裡面的錄音是個女孩子的聲音，而且也提到灰姑娘，最後還說不會相信童話什麼的，會不會娃娃和這本書的主人都是同一人？」

「有這可能。但是姜家的戶口紀錄只有兩個女兒，陳寶琴的丈夫死了之後，陳寶琴也沒再婚，應該不會有其他小孩才對！」孟子軍認真地思索著昨晚查詢的檔案。他說話的時候，脖子還是不停地扭動，像在極度疲憊的時候總要活動一下筋骨的模樣，只是他的動作看在綠豆眼裡，總覺得好像有那麼一點的不自然。

「孟子軍，你別再轉脖子了行不行？難道你不知道和別人說話要正視對方，這是基本的禮貌啊。」綠豆最受不了講話的時候，對方不專心，或是態度敷衍了。眼前的孟子軍就算想活動筋骨，活動的時間未免太長了一點？

「我也不知道怎麼搞的，感覺脖子好痠好刺，可能這幾天太累了……」他低聲呢喃似地說，表情帶著些微的痛苦。

綠豆正想吐槽幾句，一抬頭卻發現孟子軍的脖子後方憑空出現一隻死白、和竹枝差不多粗細的手掌，正緩緩……緩緩地爬上他的肩頭……

第十二章　童話事件（十二）

綠豆一見到眼前的景象，全身的血液為之凍結，不聽使喚地一連踉蹌了好幾步。在這樣近距離的驚嚇之餘，綠豆的喉嚨像是被鎖上一樣，半點聲音也發不出來，情急之下，一臉惶恐地直指著孟子軍的脖子，伸出的手抖得比瑞奇馬丁的電臀還要劇烈。

「妳在幹嘛？」孟子軍見她一副「中邪」的模樣，還遲鈍地一臉納悶，不明所以地往後看了一眼，卻什麼也沒看到。

隨著孟子軍轉頭往後看，綠豆在非自願的情況下面對著他的後腦勺，只見孟子軍的背後黏了一個相當奇怪的生物。

它身上穿著小孩子的連身長睡衣，只是那睡衣已經骯髒得完全分辨不出顏色。鼻梁以上全被散亂的頭髮遮住，而那顆頭的造型實在難以形容，電影中出現的鬼若遮住臉，通常要有一頭輕飄飄的秀髮，但是它的頭髮只有及肩的長度，有被隨意亂剪的痕跡。若要找個藝人來形容一下，有點像是豬哥亮的馬桶蓋造型，只是看起來像被剪壞的馬桶。

感覺起來很像十歲的模樣，露出衣服外面的肢體卻令人心驚，全身的構造細長得像沒有生命的支架。這樣的肢體綠豆在臨床也見過幾次，只有罹患厭食症或重症末期沒辦法進食的患者才有可能瘦到真正的皮包骨……

它的動作非常緩慢，但再怎麼慢，也爬上了孟子軍的肩膀，只見奇怪的生物腳踩著肩膀，蹲坐在孟子軍的腦袋上，看不見雙眼的臉驟時轉向綠豆，陰陰一笑。

綠豆的腦袋老是在關鍵時刻失靈，管理語言的部分更是直接罷工，越是著急越沒辦法完整表達內心的焦灼。

「哎呀呀……呀……呀呀……」她只能不斷發出無意義的助聲詞，眼前這一幕比先前遇到的狀況還要讓綠豆心驚。之前好歹還有依芳，就算靠不住也能當精神支柱，現在孟子軍被小鬼纏身，她又手無寸鐵，難道要她單打獨鬥嗎？

「妳一直哎呀呀叫個不停，到底是怎樣妳就直說啊。我在外面混了這麼久，什麼場面沒見過？妳就直接一點，我不會怕啦！」孟子軍見她這模樣，也忍不住心浮氣躁地感到驚慌，只是礙於自己身為男人，又背負著警察的身分，就算天塌下來，也要不形於色。

綠豆又叫又跳也於事無補，只好深吸一口氣，直到自己的肺臟不堪負荷為止。

「你……你……你站在那邊不要動！也千萬不要驚慌……不要驚慌……」雖然她嘴上這麼說，腦中卻一片空白，完全不知下一步該怎麼辦。「拜託你……等一下千萬不要跟之前一樣動不動就拔槍，有什麼事情，我們可以……」

「妳說不說啊？妳能不能阿沙力一點？」孟子軍在這樣倍感壓力的情況下，情緒已經緊繃到最高點。綠豆一副欲言又止的模樣更讓他飽受折騰，女人為什麼不肯乾脆一點？難道不知道男人對這種說話方式非常沒耐心嗎？

綠豆見他一點都不領情，只好一鼓作氣地指著他：「現在有隻小鬼正坐在你的腦袋上！」

轟！孟子軍頭皮像是高壓電流竄過地直發麻，最後完全沒知覺。這下子，不只全身石化，連呼吸也瞬間停擺，若不是心臟由竇房結控制而自發性跳動，不然他的心臟早就一起停跳了！

這澎肚短命的綠豆，這次會不會太阿沙力了？雖然要她爽快一點，但也不用這麼要命地直接吧，完全沒有心理準備的他只覺得雙腳有點使不上力。

「妳千萬別在這時候跟我開玩笑。」孟子軍勉強揚起比哭還要難看的笑容，就算生日許願的時候也沒像現在這般渴望，他在心中不斷祈禱這一切只是綠豆的惡作劇。

綠豆縮著脖子，連連搖頭，眼底還帶著請你保重的憐憫。

那隻小鬼雖然靜靜地坐著，好奇地歪著頭，但渾身散發著令人膽寒的戾氣，有種風雨欲來的感覺。綠豆認定它絕對不懷好意，恐怕也不是那麼好搞定。

孟子軍命令自己要冷靜，但遇到這種狀況，怎麼可能冷靜得下來？何況那隻小鬼還蹲坐在自己頭上，他沒有舉搶朝自己射擊就算不錯了。

即使被匪徒用槍指著腦袋，孟子軍也沒有現在這般束手無策。好歹匪徒有實體，還能想辦法反制，現在碰不到摸不著，要他如何是好？

「綠豆，妳快點想辦法啊！」生平第一次向人求救，對方還是弱質女流，他的聲音顯得有些虛弱。

「我能想什麼辦法?我又沒護身符,你好歹還有警徽……」

警徽?綠豆和孟子軍的眼神頓時亮了起來,剛才怎麼沒想到!

孟子軍急忙掏出口袋裡的皮夾,怎知道手才一擺動,小鬼立即雙腳用力往他的肩膀一跳,雙肩隨著一陣劇痛,竟然完全無法活動,此時小鬼張牙舞爪地露出猙獰的面孔,嘴裡還發出詭異的嘶嘶聲。

小鬼察覺眼前兩人要對它不利,理所當然不讓兩人有喘息的機會,它纏住孟子軍的身軀,兩手就像沒有任何關節的繩索,緊緊套住他的脖子,雙手已經無法活動的他,整個人只能任由小鬼宰割。

綠豆眼睜睜看著孟子軍的臉色先是漲成豬肝色,隨後漸漸變成紫黑,雙眼爆出微血管。以目前的狀況,不消一分鐘,孟子軍就真的要和這個世界舉行告別式了!

綠豆那小不拉嘰的腦袋想不到什麼好辦法,也沒時間讓她多想,就算再怎麼不情願、再怎麼害怕，也不能棄一條人命於不顧。她咬著牙衝上前，憑著上回的印象，果然在他的口袋裡摸到皮夾。

綠豆拿出皮夾，雙手還不住地晃動，差點連皮夾也拿不穩，不過現在只差最後一步，只要攤開皮夾讓警徽出來亮亮相，就算一時無法脫困，也能暫時保住孟子軍一條小命！

當她抱著最後一絲希望的時候，原本纏住孟子軍的小鬼猛然轉向綠豆，咧開自己的嘴，露出像是沾滿汙泥的牙齒，還竄出餿水的味道。看它這麼著急，顯然很在意警徽的存在，不過也因為它轉向攻擊綠豆，不經意地稍稍放鬆了纏住孟子軍的力道，雖然不至於讓他逃脫，卻讓他多了一點點的喘息空間。

綠豆平時雖然遲鈍沒藥醫，不過在這種生死交關的時刻，全身上下的神經都顯得特別敏銳，俐落地連退了好幾步，高高舉起攤開的皮夾，猛然朝著小鬼的面前一照。小鬼像是受到驚嚇，連忙縮回方才的攻勢，繼續維持坐在孟子軍腦袋上的動作。

「會怕吼？」綠豆見它終於收斂一點，終於一吐怨氣地哈哈笑了起來，沒想到警徽這種小東西不但通緝犯會害怕，就連第三空間的惡鬼也忌憚三分，「會怕就給我安分一點！還不快點乖乖下來？」

綠豆氣勢萬千地斥喝著，瞧她那副囂張的模樣，說話的時候仰頭四十五度角，聲音都從鼻孔蹦出來。

不過，她那四十五度角的姿勢不小心瞄到小鬼伸長了腦袋，仔細端詳著她依舊高舉不放的皮夾，竟然冷哼了一聲。

先前好不容易才吸上一口氣，卻又再度被纏住脖子而說不出話的孟子軍已經覺得雙眼的血管全都爆光了，連眼皮都快睜不開，勉強撐開一條細縫的視線雖然有限，不過也察覺到不對勁了。他急著想警告綠豆，不過他現在是泥菩薩，別說過江有困難，此時根本還沒到岸邊就遭逢狂風暴雨，命在旦夕。

孟子軍已經沒有多餘的力氣，不過卻相當義氣地「唔唔唔」哀個不停，希望能讓自以為是的綠豆趕緊發現問題！

看著小鬼絲毫沒有放掉孟子軍的打算，嘴上還掛著特大號、也特難看的笑容，這時綠豆心底的不安就像放鞭炮一樣激烈地轟炸著自己的胸口，現在劇情走向到底為何？上次的娃娃明明被這警徽壓制住，證明警徽的確有避邪作用，難道……難道這小鬼一點都不怕警徽？若真是如此，那她和孟子軍真的只有死路一條了。

綠豆趕緊收回高舉的皮夾，想搞清楚是怎麼一回事，當攤開的皮夾映入眼簾，綠豆差點被倒抽的一口氣給嗆暈，這皮夾裝的是什麼鬼東西？警徽不見了，剛才亮在小鬼面前的竟然是……一隻黃金獵犬回眸一笑的照片?!

「什麼鬼啊！你皮夾放狗的照片做什麼？一般人都是放女朋友的照片吧！」她氣急敗壞地吼叫著，剛剛她做了什麼蠢事啊？拿張狗照片能嚇誰？

這張照片帶來的衝擊比見鬼更甚，現在都什麼時候了，還出現這種照片！還有那隻小鬼，明明就不是看到警徽，剛剛做什麼反應？難不成被遮住的眼睛看不清楚嗎？害她白白高興一場。

「後……後……後……」子軍已經開始看到地獄了，如果綠豆再不快一點，他就真的要輕輕地走，不帶走一片雲彩了。

「吼啥毀？」綠豆急得跳腳，現在是分秒必爭，沒時間再想其他辦法了，在窮極絕境的狀態下，綠豆不浪費時間用腦袋思考，飛快地舉起自己的腳，毫不留情地往孟子軍的肚子使勁一踹，在腎上腺素的加持下，發揮比平常水準還要高一倍的力道，孟子軍雙腳離地，像座雕像一樣地倒在地上。也因為這強勁的力道，加上猛烈的撞擊，原本在頭頂的小鬼也遭到波及，一時之間鬆開了手。

孟子軍貪婪地趕緊再吸一口氣，雖然綠豆這一踹是玩真的，他卻相當感激她在這危急的時刻補上這一腳，更感激她踹得很準。若是再往下移個幾吋，他就要對不起孟家的列祖列宗了。

「警徽在最後面，翻開照片！快！」孟子軍這下終於看到脫離自己腦門的小鬼，只是它離自己不過是兩三步的距離，隨時都有撲上來的危險，他只能把握時間，趁能說話的時候趕緊交代。

綠豆接收到訊息，二話不說急忙地再次攤開皮夾，原來他的皮夾有兩層放置照片或證件的活動皮袋，警徽被放置在最下層。

畢竟孟子軍的員警身分在辦案的時候有時會造成阻礙，所以不能明目張膽地將識別證放在明顯的位置，而是刻意放置在最底層。

看到警徽，綠豆就像是吃了定心丸，一個箭步衝上前，擋在孟子軍前頭，帥氣地上演英雌救猛男的戲碼。

「妳別再過來喔！」綠豆死命抓著皮夾，這一次絕對不能再出差錯，「妳到底想幹嘛？妳已經死了，就該好好地去，妳知不知道現在這樣騷擾還活著的人，會被鬼差叔叔處罰喔！」

跟小鬼講話還真的有點累，為了配合它的年紀，綠豆自然而然地收斂以往大刺刺的說話方式，不知不覺裝起可愛，害一旁的孟子軍很不舒服，不過小鬼離開他的身軀之後，起碼四肢可以活動了。

「我要所有傷害過我的人全都痛苦而死，就像她們對待我一樣！我也要你們跟她們一樣，不是全身被打碎，就是變成木乃伊。」小鬼嘴邊的獰笑帶著冰冷的殺意，這麼小的年紀竟然有著這麼強烈的報復心，著實讓綠豆和孟子軍傻了眼。

這小鬼所說的她們，應該就是姜家姐妹。依它這年紀而言，不是還在編織夢想，或整天作白日夢的階段嗎？她們到底對它做了什麼，能讓一個小孩子非將她們凌虐致死不可？

「喂！我們跟妳無怨無仇，妳幹嘛要找我們的麻煩？」綠豆一想到孟子軍先前放在桌上的屍體照片，忍不住哆嗦了一下，她實在不願意自己也變成照片中的女主角。

「誰說沒有？」小鬼骨瘦如柴的雙腳站了起來，激動地指著孟子軍，「我只不過是要討回公道，警察卻一再壞我好事。先前我附身在老女人的身上準備報仇，警察就來按門鈴，若不是警察出來搗亂，那個老女人早就死了。別以為把那女人放在醫院裡就沒事，因為我的力量還不夠離開這屋子去殺人，所以只能附在娃娃身上，偏偏你們把我的娃娃打爛了！」

當初那位好心的叔叔知道自己虛弱，只能附身在娃娃身上行動，唯有實質的物體，才能夠來去自如，所以特地將它放置在醫院的停車場想辦法接近綠豆，結果又是孟子軍跳出來壞了它的計畫。當它在醫院找上陳寶琴，陳寶琴一見到會走動的娃娃，嚇得一夜白頭，也因為她劇烈的情緒反應，所有人都衝進病房，其中一個還是警察，制服上的警徽讓它不得不放棄報仇計畫。

這些都是警察的錯！它把這筆帳全都算在孟子軍的頭上。

小鬼一提到娃娃，綠豆的眼睛亮了起來，原來那個娃娃就是它，當初在娃娃身上發現的奇怪影子就是它！

「等一下！就算妳附在娃娃身上，要找的人也不應該是我，還吵著指控我就是害妳爸爸的凶手，妳是不是找錯人了啊？」綠豆急著想證實這一點，她一點都不想被冠上莫須有的罪名。

「不會錯！好心叔叔不會騙我，他說妳們就是害我爸爸的凶手，而且還說那條項鍊就在妳的手上，我非要那條項鍊不可！」小鬼凶悍的模樣，絕對不輸以往見識過的惡鬼。

綠豆的腦袋一時轉不過來，為什麼現在又多了一個叔叔出來？這個叔叔又是誰？怎麼會說她有項鍊？她這人一向打扮中性，也不喜歡在身上帶些叮叮噹噹的物品，所以從沒買過項鍊給自己，那麼它口中的項鍊到底從何而來？對方又在搞什麼花樣？

何況，她這輩子根本沒害過人，也沒這個膽子，為什麼有人要亂造謠？重點是，這小鬼的爸爸到底是哪位啊？

「妳說的每一個字都好難懂欸！」明明是簡單的文字，但拼湊起來卻怎樣都無法理解，「妳老爸是何方神聖，妳直接報上名來，別再跟我賣關子了；至於妳要的項鍊，我真的沒有。」

「不可能沒有！」小鬼伸長了手，一陣不知從那兒來的怪風襲捲而來，明明周遭的窗戶全都關上，窗簾也全都拉下，屋內卻狂風大作，連先前警方保留的現場也被破壞殆盡。

綠豆見苗頭不對，就算有警徽在手也覺得不踏實，趕緊拉著孟子軍，不要命地往大門衝刺。

只是兩人還沒靠近大門，就聽見相當明顯的「喀嚓」一聲，不用猜也知道，這門已經被上鎖了。

綠豆痛苦地低聲哀號，不論遇到什麼惡鬼，也不管是什麼場景，反正只要是有門的地方，門絕對打不開，怎麼這些鬼怪的思考邏輯完全一模一樣啊？

「現在跟它拚了，不然我們沒機會逃出去！」孟子軍想也不想地搶過皮夾，以他的個性，寧願積極面對，也不想縮在角落等死。今天的場面不同於以往，但既然沒有退路，就算拚著一死也要對得起自己。

孟子軍才一轉身，小鬼就迎面撲來，還夾帶相當強勁的風力，他根本來不及反應，整個人就被巨大的力量給撲倒，最該死的是手中的皮夾居然鬆手滑了出去。

綠豆這下子氣得都快飆淚了，現在這種九死一生的驚悚場面完全不允許出現任何突發狀況，他們又不是電影裡面的男女主角，不論遭遇多離譜的事件都不會死，難道不知道他們唯一的希望就是那張印上警徽的識別證嗎？

她雖然有一肚子的髒話想當場朗誦，不過現在她沒有時間，就算停頓一秒鐘，都是在浪費自己的生命。

危急的情勢總會激發出無限可能，綠豆隨即化身為棒球場上奔跑的球員，以絕不回頭的火箭速度往前衝刺，眼看就快要到達本壘，當下以漂亮的撲壘姿勢滑向目的地……咦？象徵本壘板的皮夾卻在這麼關鍵的零點零一秒往前移動？

小鬼發出喀喀喀的奇怪笑聲，嘟起嘴巴一吹，帶著些微重量的皮夾竟然就這樣遠離自己手臂的長度，滾到陰暗的角落裡。

小鬼眼明手快地擋在綠豆和皮夾之間，讓綠豆完全沒辦法再靠近一步！

可惡！這下可好了，連警徽都沒了，綠豆有種欲哭無淚的悲愴，A計畫失敗，總要有個B計畫，現在唯一能想到的只有依芳，她二話不說，趕緊掏出自己的手機，但在如此慌張又急迫的狀況下，手機卻卡在牛仔褲後面的口袋，一時拿不出來……

「小心！」孟子軍猛然一聲大喝，在綠豆回過神之前，將她一把撲倒，兩人就這樣抱著打滾幾圈，直到孟子軍的腦袋撞上放置在客廳裡的茶几才停止。

綠豆完全在狀況外，只覺得孟子軍的胸膛好溫暖、好強壯，有種備受保護的感覺。在這種危險的情境之下，共患難的真情通常最為真實，緊緊相擁的感覺原來這麼美妙，原來這就是……

「喂！妳被嚇得靈魂出竅啦？妳怎麼一臉痴呆啊？別嚇我欸！」孟子軍驚慌失措地搖晃著綠豆，不明白她為什麼呆呆地望著自己不說話，臉紅得像供桌上的紅龜糕，在這種時候，她千萬不要給他出亂子！

原來這就是……原來這就是……就是錯覺！

綠豆被這麼一晃，趕緊回復神志，對於方才不小心浮現、亂七八糟的思想感到悔恨，自己一定是受到衝擊才會導致腦神經一時搭錯線，她喜歡的類型明明就是帶有書卷氣息的斯文人，怎可能是肌肉粗獷的陽光男？

現在不是展現少女情懷總是詩的好時機，她趕緊爬了起來，嚷著：「你才三魂七魄都分家勒！幹嘛突然撲過來？」

他指著眼前笑得異常開懷、非常恐怖的小鬼，「它剛剛差點飄到妳身上，妳都沒發現嗎？」孟子軍的語氣顯得非常急促，看樣子非常氣惱忙著掏手機而不顧眼前安危的綠豆。

小鬼又用力地朝他們猛吹一口氣，帶著水溝味的強風瞬間將兩人摔至身後的牆面，一陣從頭到腳的劇痛淹沒了兩人的知覺，一眨眼小鬼已經站在他們眼前。

小鬼得意地嘻嘻笑了兩聲，刻意擠出各式各樣的鬼臉，狎弄獵物的輕蔑姿態是如此鮮明，綠豆猜想它就是玩玩嚇人的把戲而已，有些喜歡惡作劇的鬼就是用這招來整人。她記得依芳曾經說過，這種行為在陰間是於法不容，只是這小鬼連人都敢殺了，這種手段對它來說不過是小菜一碟吧！

「小鬼，妳聽阿姨說，等妳看到下面的鬼差叔叔之後，就會發現自己真的太小兒科了，還是省點力氣吧！」綠豆尷尬地乾笑兩聲，她不知看過多少次鬼差，一旁的孟子軍也曾在庫房內見過大批奇形怪狀的鬼差，當時所受的震撼教育絕對比現在還要讓人難以消化，不過也托這些鬼差之福，現在的場面對他們兩人而言，似乎起不了作用。

收不到預期的效果，小鬼像個要不到糖吃的小孩，嘟起嘴，惱羞成怒地叫囂著：「只要我的手伸到妳的身體裡，骨頭就會斷光光，我還可以讓妳像木乃伊一樣變得乾巴巴。不過我現在還不會殺妳，如果妳再不給我項鍊，等我附了妳的身，晚上我就可以暫時離開，到時我在妳的房間拿到項鍊，我就可以像殺那兩個女人一樣整死妳！」

這小鬼講話的口氣有點像小孩，不過認真說起來，它的確是小孩沒錯。它的話有著賭氣的成分，不過一點也不像開玩笑，試想現實生活中有哪個小孩動不動就把殺人兩個字掛在嘴上？

不過它把自己的計畫說得相當詳細，也就是說，下一步它要附在綠豆的身上。因為現在已經沒有娃娃當媒介，而孟子軍是警察，長期進出警察局，身上又有正氣，要附他的身鐵定行不通，眼前的綠豆正好和好兄弟磁場相近，是附身的最佳人選。它此時沒有立即痛下殺手，就是為了綠豆的身體，同時也需要孟子軍帶路，否則就算有身體，它也不知道路線，也不知道怎麼坐計程車，要隻身一人到醫院是有難度的。

「別讓它附我的身！絕對不可以！」一提到附身，綠豆自然而然地躲在孟子軍背後，萬一她真的被附身，讓它拖著她的身體去殺人，到時候她不就要蹲在牢裡抓蚊子相鬥？

孟子軍秉著人民保母的精神，堅毅地用力點了點頭，「我會保護妳，妳放心！」

哇！好有氣魄的承諾，綠豆不由得再次靈魂出竅，恍神將近三秒鐘，隨即被劇烈的聲響給嚇醒。

才三秒鐘的時間，孟子軍整個人呈現無重力狀態，被高舉至天花板，隨即以重力加速度的方式摔至地面，這樣上上下下來回撞擊好幾次，若不是孟子軍平時有在鍛鍊自己的身體，否則哪裡禁得起這樣的撞擊？

「夠了！妳別太過分！」綠豆站在原地尖叫，再這樣下去，孟子軍就算是鋼鐵人，也會被摔成廢鐵。但是小鬼像是玩得很開心，咧開嘴誇張地大笑，絲毫沒有停手的跡象，現在她必須趕緊想辦法制止它才行。

「妳要什麼項鍊？妳總要跟我說清楚那條項鍊到底長什麼樣子，如果我有，我一定會給妳！」小鬼雖然看起來個頭小，不過能力卻不輸以往的惡鬼，實在不容小覷，綠豆不得不用這辦法引開它的注意力。

它轉過頭看了綠豆一眼，孟子軍就這樣停在半空中，看上去已經被折騰得不成人形。不過小鬼一點也不在乎，它會停止這樣的「遊戲」，純粹是綠豆的問題更能引起它的興趣。

「叔叔說，是上面有雙頭蛇圖案的白玉項鍊。」小鬼的話一字一句、清清楚楚地傳進綠豆耳裡，當她終於搞清楚它要的就是那條丟在垃圾桶的項鍊時，久久沒辦法回過神，甚至一度懷疑自己聽錯了。

那條項鍊不是鍾愛玉的嗎？早就知道那不是什麼好東西，若不是一時忘記那條項鍊的存在，怎會發生今天一連串的事件？

「妳要那條項鍊做什麼？妳那個叔叔到底是誰？為什麼他知道那條項鍊在我這裡？」一想到有人對自己瞭若指掌，綠豆不由自主地一陣心悸。

這種被監視卻渾然不知的感覺，就像被針孔攝影機暗中拍攝性愛畫面流露市面一樣令人毛骨悚然。不過好在她沒有什麼見不得人的事蹟，目前只有用慘白來形容的感情世界，想這樣或那樣也不可能。

「叔叔就是叔叔！他說我一口氣殺了兩個人，力氣都用光了，只要有那條項鍊，誰都擋不住我，我也可以不用附在娃娃或別人身上，就能離開這個鬼地方。」

它雖然是惡鬼，但這個地方對它的束縛太深，光憑自己的靈體，根本沒辦法離開，而且外面的環境險象環生，以它目前的能力，沒辦法應付，必須依靠外力的幫助。

「那真是不好意思，那條項鍊我放在宿舍的垃圾桶裡……」綠豆的話還沒說完，原本卡在口袋裡的手機毫無預警地掉了出來，綠豆還搞不清楚手機怎會突然離家出走，立即彎下腰撿起手機，趁這時候或許還有機會撥出電話。

只是她才抓起手機，卻發現從不掛吊飾的手機，居然纏著一條紅絲線，而絲線上面掛著的……不正是她當初丟在垃圾桶的雙頭蛇玉珮？

這是怎麼一回事？她明明丟了，怎會出現在這裡？她絕對不可能做出這等蠢事，但如果不是她，誰有辦法接近自己的手機，還綁上這塊玉珮？難不成這塊玉珮自己從垃圾桶裡爬出來？還是有人趁她睡覺的時候闖進房間偷偷綁上？

不論是哪一種可能，都讓她腦袋結冰，渾身徹底發冷，有種未知的恐懼在體內蔓延……

「就是那條項鍊！」小鬼喜出望外，忘我地將孟子軍摔至地面，想也不想地衝上前搶項鍊。綠豆想要阻止，無奈在這麼一瞬間被架在半空中，動彈不得。

綠豆現在雖然在半空中，不過小鬼的位置卻和她齊高，雖然它的眼睛看不見，身上卻像裝上雷達一樣，能精確辨別綠豆的位置。小鬼輕而易舉地奪過手機，抓著紅絲線甩著玩，以極慢的動作歪著頭，一聳一聳地笑著，笑聲中有著得意，和一般小孩不應該出現的殺氣。

它要的東西已經拿到手，照理說……該是殺人滅口的時刻了！

「小……小鬼……妳平常都沒在刷牙嗎？還是妳火氣太大、肝火太旺？拜託……妳嘴巴真的很臭，可以請妳後退一點，或先閉一下嘴巴嗎？我可以推薦X牌漱口水，真的很好用……」綠豆在這種情況下，腦袋思考的邏輯就越不一樣，她知道自己已經一腳準備踏進棺材了，不過小鬼的口臭讓她比死更難過。

難得看見惡鬼也會有嘴角抽搐的時候，小孩子就是小孩子，聽到這樣直接的批評，竟然認真地捧著手呵了兩口氣，不一會兒就出現快要嘔吐的跡象，甚至不爭氣地咳了兩聲，模樣看起來狼狽極了。

「妳看吧！我沒有騙妳！」綠豆不知死活地洋洋得意，也不知道這種事情有什麼好炫耀。

小鬼生前是那種臉皮薄的孩子，原本暗灰色的肌膚也掩飾不了心虛的臉紅，見笑轉生氣地咆哮著：「等妳跟那兩個女人一樣，就聞不到了。」

小鬼朝著綠豆的心臟伸長手，如今只能眼睜睜看著惡鬼伸出魔爪，綠豆忍不住瘋狂大叫起來，「孟子軍！孟子軍！你死到哪裡去了？快點救我！」

雖然她嘴裡這樣叫著，不過心底也明白這不過是叫心酸的，在這種情況下，正常人能有什麼辦法？就算孟子軍站在自己身邊也是無計可施，只是礙於現況，不叫兩聲就是不舒服。

「小鬼！」象徵最後一線希望的聲音驟時在空間內迴盪著，孟子軍已經站了起來，只見他舉起手，手中正握著方才趁著小鬼分心時找到的皮夾，只是現在小鬼的所在位置離他有點距離，根本就起不了作用。

小鬼不屑地冷哼一聲，彷彿嘲笑他不過在做困獸之鬥，對它一點殺傷力也沒有，既然這兩人已經沒有利用價值，等解決綠豆之後，下一個就輪到他了！

孟子軍見事不宜遲，只能死馬當活馬醫，腦中浮現王建民投球的最佳姿勢。猴子學人不像也有三分樣，何況自己是王建民的忠實球迷，他的姿勢一定禁得起考驗，所以他把手中的皮夾翻開識別證那面，朝著小鬼的方向丟擲。

皮夾劃過的痕跡呈現優美的線條，完美地聽到「啪」一聲。

「孟子軍！」這下子綠豆的尖叫聲顯得更尖銳有力，「你搞什麼鬼？它目標這麼大，你還打中我？你不是警察嗎？警察都不用練習打靶的啊？」

警徽就這樣硬生生地砸中綠豆的門面，尤其孟子軍的皮夾還裝有零錢，加上男人平時會訓練自己的臂力，被這樣堪稱史無前例的原始攻擊命中，差點沒腦震盪。她甚至感覺承載兩千億顆星星的銀河已經在自己的眼前閃爍了，這能叫她不火大嗎？

「啊！失手、失手！下次一定改進！」他不好意思地搔搔頭，沒想到投球跟開槍射擊的手感差這麼多，而且這距離看起來就是天差地遠，王建民能被封為臺灣之光果真當之無愧，原來投球的學問也不簡單。還好他開槍的技術沒這麼差，不然歹徒抓不到一個，自己的屬下已經倒成一片了。

「哪來的下次？我哪有機會下次？如果你真的讓我死在這裡，我做鬼不但不會放過你，而且一定要你負責我在陰間所有的開銷！」綠豆快抓狂，難道不知道這一次失手，等於就喪失發球權？因為皮夾已經滾到屋子的另一邊了。

這下精采了，如果孟子軍跑到另外一邊撿起警徽，把剛才投不準的姿勢再重複一次，算算時間，根本就來不及，何況小鬼剛才因為被孟子軍這麼一攪和分了神，隨著這場鬧劇的落幕，又再次將魔爪伸向綠豆，如果它說的話都是認真的，那麼只要它的手伸進人體，就有辦法讓全身骨頭為之碎裂。

時間上已經來不及，那麼還有什麼辦法？難不成真的要看著綠豆死在自己眼前？總要想點辦法，做點事情啊！畢竟綠豆是被他帶到這間鬼房子，若綠豆早他一步出事，就算結局是和她一起共赴黃泉，他也沒臉面對啊！

「孟子軍！孟子軍！孟子軍——」綠豆已經窮途末路，別說想辦法，現在腦袋裡所有的細胞全都死光光，只剩下空殼，全身還能運作的只剩下她的嘴巴，重複地叫著孟子軍，宣洩快要嚇破膽的恐懼。

不過小鬼喜歡欲擒故縱這種幼稚的遊戲，眼看手就要伸進體內，但聽見綠豆高八度的叫聲，咬字還產生偏差的時候，就笑得特別大聲，刻意縮回自己的手，再重複先前的動作，每每差最後一步就聽見綠豆殺豬似的驚人叫聲。

雖然它認真捉弄著綠豆，但也同樣注意著孟子軍，只要他稍微移動自己的腳步，就立即變臉，手放在靠近綠豆的位置，讓孟子軍完全沒有反攻的機會。

鬼到底怕什麼？老一輩都是怎麼說的？電視是怎麼演？孟子軍被綠豆的尖叫聲擾得心煩意亂，但腦袋卻不停地思考這問題，此時他真慶幸這小鬼童心未泯，喜歡玩遊戲，不然綠豆哪有機會該該叫？不過聽她的殺豬聲，總好過完全無聲，起碼表示她還活著。

就距離而言，他絕對不可能搶回警徽，那麼……他迅速向四周掃了一眼，以他的位置來說，目前最有利的是身後的落地窗，看到這窗戶，孟子軍突然猛拍自己的腦袋，懊惱自己怎麼沒想到最常聽見的傳說？

「小鬼！」孟子軍再次大喝，有了先前的經驗，小鬼根本不想理他，但這回孟子軍不再示弱，以迅雷不及掩耳的速度一把扯下窗簾。

原本陰暗的屋子頓時湧進刺眼的光線，而且神明保佑地剛好照在小鬼身上，小鬼面對突如其來的狀況而手忙腳亂，爆出淒厲慘絕的嚎叫聲，狼狽至極地縮到光線照不到的角落。

此時綠豆瞬間掉至地面，能自由活動了！

「快點打開所有的窗簾！快！」孟子軍當機立斷地趕緊下命令，他記得曾經聽過鬼怕光，看小鬼急著竄逃的模樣，原來傳說一點也不假。

綠豆顧不得來自臀部的疼痛，立即起身拉開所有窗簾，讓光線全都照射進屋子裡。

眼看整間屋子充斥著刺眼的光，小鬼站在牆角緊握雙拳，咬牙切齒地渾身顫抖著，看起來很不甘心的模樣，它怎樣也沒料到竟然讓這兩人死裡逃生。

「我一定會報仇！一定會！你們晚上最好都不要睡覺！哼！」小鬼朝著兩人吐著口水，飛快地隱沒進牆面，四周隨即回復一片寂靜。

經歷先前的慘烈戰況之後，面對突然寂靜無聲的空間，孟子軍依舊覺得這裡跟安全兩字搭不上邊，「此地不宜久留，我們快點出去，誰知道那個小鬼會不會突然反悔折回來！」

人類的想法就已經很難捉摸，何況是惡鬼？誰知道它下一步要做什麼？綠豆也相當認同這一點，以目前遇到的狀況來說，不但沒有找到她要的答案，反而有種越來越複雜的感覺，不過現在保住自己的性命最重要。

兩人匆忙地撿起皮夾，連滾帶爬，一身虛脫地逃離這棟房子。

兩人一出姜家大門，不約而同地跌坐在地，若不是雙腳還在激烈地發抖，兩人還以為自己的腳已經瀕臨重度中風，呈現癱瘓現象了。

「沒事就好！沒事就好！」孟子軍不斷自我安慰，除了上回不小心闖入醫院的庫房有過超現實經驗之外，他承辦的案子還不曾有過如此險象環生的場面，再凶的歹徒也沒裡面那隻可惡的小鬼這麼可怕。

不過，現在終於脫離魔掌，兩人也稍微可以喘口氣了，只是……怎麼突然感覺有人在自己的耳邊吹氣……

第十三章　童話事件（十三）

驚聲尖叫的招牌面具已經不足以形容綠豆此時的表情，正確地說，她懷疑自己的下巴隨時都有脫臼的可能，今天已經不知道是第幾次張大自己的嘴巴了。

反倒是孟子軍比較實際一點，雖然腦袋也浮現不少負面的想法，不過基於警察的本能，反射性地轉過頭，赫然發現一顆像是放太久的橘子產生錯綜複雜紋路的蒼老頭顱，突兀地塞滿整個視線。

「啊～」就算身為男人，在渾身神經都硬邦邦的緊繃狀態之下，也難免叫出聲來。

「啊什麼啊？你見鬼啊？叫那麼大聲做什麼？我年紀大，不代表我耳背！」蹲在兩人身後的老阿婆一口標準的京片子，看她叫囂的模樣，跟海角七號的茂伯有異曲同工之妙。

孟子軍長長地吁了一口氣，心想我剛剛就真的見鬼了！不過這阿婆看起來也六十好幾，怎麼腳步輕得跟貓一樣靈巧？難道阿婆學過輕功，是個隱姓埋名的世外高人？

顯然孟子軍受到的驚嚇不小，已經開始胡思亂想了。

「阿婆！妳幹嘛像魔神仔一樣不出聲啊？收驚費妳要出啊？」綠豆一見是活人，整個人原本被拉到極限的神經又再度放鬆下來，今天簡直就是幫自己的神經洗三溫暖，要不是自己平時有訓練，早就直接斷線了。

阿婆撇撇嘴，一副好心沒好報的神情，「我是看你們兩個倒在這邊，好心出來看看，你們以為我老婆子吃飽閒著沒事幹，蹲在這裡要飯啊？」

這阿婆嘴巴不饒人，雖然出發點是好意，不過講話不怎麼中聽就是了。

「我說你們兩個，沒事不要待在這裡，這裡出過人命，邪得很！我也真倒楣，跟這戶人家做鄰居，要不是沒錢，我早就搬家了！」阿婆嘴裡不停嘮叨，「我當初怎會在這裡買房子？早就跟老頭子說過這裡風水不好，他就不信！現在好了吧，出人命了，我早說這家人這麼缺德，遲早會出事。」

「缺德？」身為八卦山山寨大王的綠豆立即拉長自己的耳朵，對於這種小道消息她最有興趣，不過跟她有相同喜好的人也遍布全臺，不然數字週刊也不會這麼暢銷了，「妳怎麼知道人家缺德？她們把垃圾放在妳家門口啊？還是小狗在妳家門口大便？」

「妳說的事情的確都很缺德，不過她們不敢欺到我頭上來，我『老抹老，還會剝土豆』，要吵架我絕對不會輸！」阿婆用標準的國語說起臺語，還挺折磨人，不過為了探聽其他消息，綠豆還是忍耐地聽她繼續說。

「這家人搬來差不多有十年了，見人從不打招呼，我還見過那兩個女兒在路上總是欺負流浪貓狗，至於那個媽媽個性窮酸，動不動就找店家麻煩，想辦法占其他人便宜，唯有一陣子像是吃錯藥，主動丟一些食物給外面的野狗吃，那時候我還以為天要下紅雨了。」老太婆說話慢條斯理，如果壽命短一點的人，可能還沒聽她說完就到陰間報到了。

「我記得大約三年前，有一次我正好要去買菜，對面剛好也打開門，那時我看見門後有一個小女孩，脖子上拴著狗鍊，正趴在地上吃飯，簡直跟狗沒有兩樣！」

阿婆的一番話，讓徹底虛脫的兩人再度活了過來，阿婆可能不知道她現在所說的每一個字都代表有著極大意義的訊息。

「阿婆，之前警察也跟你們探聽過這戶人家的消息，妳怎麼都沒說這件事情？而且妳看到這種事情，應該趕緊通報警察單位啊！」孟子軍的語氣急切，有著顯而易見的責怪。

阿婆斜眼瞪著孟子軍，誇張地提高音量，「怎麼著？現在倒是怪起我老太婆了？那是人家的家務事，我怎麼插手？我覺得不對勁，但總要有證據啊，她們家老是神神祕祕的，後來我什麼也看不到，也不曾聽過小孩哭的聲音，你叫我怎麼去報案啊？何況我天生就和警察犯沖，加上我不確定是不是自己眼花，要我說什麼？要不是出事前幾個禮拜實在太吵了，我才不會報警勒！你這臭小子，現在當作在問口供啊？你是不是警察啊？」

看起來，老太婆對孟子軍很有意見。

「看他這衰樣，怎麼會像警察？」綠豆彎腰陪笑，趕緊將他拉到另外一邊，免得惹阿婆一個不高興，所有訊息全斷了，「妳剛剛說這戶人家的兩個女兒，妳看到被拴狗鍊的是其中一個嗎？」

「絕對不是！那兩個女兒沒那麼小，而且我認得她們的模樣，我是聽說……」阿婆突然壓低聲音，刻意地伸長脖子張望四周，確定沒有其他人才以氣音說道：「這女人是個寡婦，一個人帶著兩個女兒搬來這裡，大約五年前出現一個男人，帶著差不多十歲大小的孩子在這裡進出，兩人沒名沒分地住在一起一年多，聽說那男人欠下一屁股賭債就丟下一切跑了，我懷疑是那男人帶來的孩子。」

五年前？十歲大小的孩子？若推算一下年紀，阿婆看見她的時候應該十二歲左右，若是生前遭受虐待，的確有可能比同齡的孩子還要瘦小，這點和小鬼的形象相符合。

這個懷疑非常合理，現在的關鍵就是那男人是誰？

「那妳知道那個男人是誰，或叫什麼名字嗎？」孟子軍也相當好奇，現在只有查出爸爸是誰，才能找出小女孩的身分。

阿婆偏著腦袋，喃喃自語地說著：「我跟那個男人也沒交集，而且都是那麼久的事情了，不過我對他有點印象，也在電視上看過他，他之前好像……好像……喝到假酒。如果我沒記錯，好像聽過有人叫他……周……周……」

姓周？假酒？若說綠豆被高壓電給電到嘰嘰叫，也不及她此刻萬分之一的衝擊。她幾乎聽不見周遭的聲音，只感覺心跳快衝破自己的身軀，這一回的不祥預感實在異常地強烈……

「孟子軍，你先把我扶好！」綠豆不斷地深呼吸，逼自己在最短的時間內做好心理建設，然後轉頭盯著阿婆，以認真而凝重的語氣問道：「他的名字叫周火旺嗎？」

「對對對！就是這名字！我聽過對面的女人喊過這名字，尤其是他跑路的那天晚上，那女人叫著這名字罵了一整晚！妳這麼一提，我想起來了！」阿婆顯得興高采烈，好像回想起忘記放在天花板的私房錢一樣。

不過，站在前方的綠豆卻是雙腿一軟……

大約二十坪大小的空間內，帶著淡淡的檜木香氣，有說不出的清新，簡單的室內家具襯托著屋主的品味不凡，客廳裡面放著一座比人還要高的精緻展示櫃，上頭擺滿不少玩具公仔。

屋內雖然放置著近上百個各式各樣的公仔，卻一點也沒有擁擠雜亂的感覺，看上去乾淨整齊，還有強烈的個人風格。

這樣一塵不染的房子，綠豆實在很難拿自己和依芳的狗窩做比較，更難相信一個單身男人可以把屋子整理得這麼舒適。

尤其當她躺在主臥室的大床時，心裡不斷讚嘆孟子軍這傢伙真會享受，身上覆蓋的被單軟滑輕薄，幾乎感覺不到存在，身下的床鋪更是完全符合人體工學，一躺上來有種置身天堂的錯覺。

只是綠豆此時的心情卻像是跌落地獄。

綠豆抬手看著手腕上的手表，顯示著下午五點，看樣子她已經睡了將近四小時，看著空蕩蕩的房間，心底相當感謝孟子軍暫時收留，因為她實在不敢一個人回宿舍，尤其一想到可能有人或有鬼躲在暗處觀察著自己的一舉一動，讓她更不敢一人獨處。

綠豆心煩意亂地爬下床，這四個小時怎樣就是睡不安穩，腦海只有「周火旺」三個大字。

看著窗外夕陽即將西落，天色漸漸轉為昏暗，綠豆心裡也是一片愁雲慘霧，怎麼這件事情竟然和周火旺有牽扯？現在她終於明白小鬼為什麼老是喊她凶手，有可能怨恨當初她和依芳聯手將自己的老爸送回枉死城吧。

但小鬼口中的叔叔為什麼會知道她們和周火旺的關聯？這個人和周火旺又是什麼關係？若是對周火旺瞭若指掌，應該知道誰才是殺害周火旺的凶手，為何要誤導小鬼找到自己的頭上？

唉……為什麼倒楣事接二連三地降臨在自己頭上？現在好了，依芳順理成章地躲過一劫，她卻縮在某個男人的家裡抱著腦袋想不出辦法來。

該怎麼辦？突然有想哭的衝動，卻又哭不出來！

「綠豆，妳醒了嗎？我幫妳訂了便當，出來吃飯吧。」門外傳來孟子軍的聲音。

平時綠豆對孟子軍沒什麼特別的好印象，不過當人處在艱困的環境中，總是對伸出援手的同伴特別感激，綠豆慶幸還好孟子軍不拘小節將她帶回家，而且相當有紳士風度地睡在外面的沙發上。

綠豆打開門，走向客廳時，瞧見一隻黃金獵犬溫馴地趴在孟子軍腳下，而他則是將便當放在茶几的另一端，視線緊盯著眼前的手提電腦。

「你該不會都沒休息吧？」綠豆這人的優點就是不做作，一拿起便當就不客氣地狼吞虎嚥，根本懶得在這男人的面前維持形象，何況她一連兩餐沒吃，真的餓壞了。

「有啊！我睡兩小時就夠了！」孟子軍對自己的工作相當認真，看起來就像拚命三郎，也難怪年紀輕輕就當上刑事組長。「剛剛我請同事幫我調閱周火旺的資料，現在同事正在把他的資料傳給我。」

「奇怪……」孟子軍突然喊了一聲，錯愕地抬頭看著綠豆，「周火旺沒有子女的紀錄啊！」

綠豆頓時把塞在嘴巴裡的雞腿吐了出來，當場犒賞趴在不遠處的黃金獵犬。

「這……這怎麼可能？難道是阿婆記錯了？」綠豆的眼神有著不用猜測也很容易了解的心思，應該說她的腦袋在想什麼，會誠實地反應在臉上。此時她就是期盼阿婆搞錯了，因為她實在不想再和周火旺相關的人事物有任何交集，其中包括「鬼」。

但孟子軍卻相當肯定地搖著頭，「不可能，我已經派人到附近去打聽，鄰居證實當時那個男人的確叫周火旺沒錯，畢竟他在那個地方住了一年多，還是有人會知道他的名字。只是他已經消失一段時間，所以大家沒將他和命案聯想在一起。」

孟子軍殘忍地毀滅她心中最後一絲希望，當下綠豆跟洩氣的氣球相差無幾，不過還是拚命地吃便當。為了自己的肚子，不論什麼情況都要保持體力，尤其現在這種非常時期，隨時有可能要面對未知的戰況，不防範未然是不行的，只是食之無味……

綠豆懷疑老是在這種心情下吃飯，遲早會胃潰瘍或胃穿孔，心想自己的死亡原因不是寫著被嚇死，就是胃出血而導致失血過多，不論是哪一種，都讓她的心情好不起來。

「周火旺沒有結婚紀錄，也沒有子女，甚至連父母也都不在，他又是獨子……」孟子軍頭痛地哀號著，這下子要打聽消息還真不知道從何下手，到底還有誰知道那小女孩的身分？

雖然阿婆懷疑那小女孩是周火旺的孩子，但那也只是懷疑，並不能證明小孩的身分，而且阿婆看到的時候她還活著，現在她都以惡鬼的形象出現，就表示她已經死了，那麼她是怎麼死的？

「搞不好那小鬼是幽靈人口，沒人幫她辦理戶口登記。不過阿婆說看到她被當成狗一樣拴起來，可能生前受過虐待，也難怪她想盡各種辦法要殺人了！」綠豆嘴裡塞滿飯菜，劈里啪啦地表達自己的看法。

現在那隻小鬼認定的復仇對象就是姜家母女和害她爸爸的綠豆，小孩子幾乎都是直線式思考，動機就是這麼單純。

孟子軍的想法和綠豆一樣，他也是這麼認為。之前這孩子曾經住在姜家，那麼知道她怎麼死亡的人，只剩下還躺在精神病院的陳寶琴了。只是以她的精神狀況，孟子軍實在很難抱持樂觀的態度。

「對了！妳不是一直說要找依芳？電話到底打通了沒有？這種事情若沒有她在的話，就怕有什麼萬一，我們兩個根本沒辦法應付！」孟子軍再次提醒，如果再不快點找到依芳的話，要是再次遇上小鬼，恐怕就沒那麼好運了。

「依芳那傢伙也不知道是怎麼回事，上課不開機也就算了，連下課時間也不開機，我起碼打給她上百通了，到現在也不回我。我沒記錯的話，今天是受訓課程的結業式，如果沒意外，應該今天晚上就會回到醫院。」

雖然綠豆嘴上這麼說，卻開始在自己的口袋不斷摸索，想試看看依芳會不會突然接電話。這臭ㄚ頭一旦脫離了醫院的管理範圍，簡直就像掙脫鳥籠的飛禽，居然搞出失聯這種爛招？

綠豆就這樣毫不避諱地摸遍自己全身上下的口袋，動作相當不雅、粗魯，可說完全無視孟子軍的存在。

只是全身上下都摸不著手機，才猛然想起來，小鬼為了搶奪那條雙頭蛇的白玉項鍊，連繫著紅繩的手機也一併拿走了。

「糟了！」這時綠豆猛然想起一件萬分重要的事情，「小鬼說過，只要它拿到項鍊，就有能力離開屋子，也就是說它現在根本就是移動式的殺人武器，想殺誰就殺誰！」

孟子軍霎時一驚，當時他正好被當成玩具一樣丟著玩，瞬間跌落地面的時候一陣頭昏眼花，所以沒注意綠豆和小鬼的互動，直到她提起這件事情才知道，他擔心會不會太晚了？

「如果它真的能夠離開屋子，那麼它會找的應該只有三個人，一個是妳一個是依芳，另外一個一定是陳寶琴。以它攻擊姜家的模式看來，它之前就想對陳寶琴下手卻苦無機會，現在它可以自由活動，我猜想它應該會先找陳寶琴報仇，現在……陳寶琴會不會已經遇害了？」

綠豆慌張地猛搖頭，「應該……應該不會吧！我記得依芳說過，唯一能在日光下出現的只有厲鬼，但時間也非常有限。而且小鬼也是因為害怕日光才讓我們有機可趁，所以在日落之前，它應該沒辦法行動才對。不過……太陽一旦下山……」

孟子軍二話不說站起身，拉著綠豆往外走，嘴裡還嚷著：「我們現在立刻到醫院去看看！現在太陽才剛下山，搞不好我們可以趕在小鬼之前將陳寶琴移到安全的地方。」

「等一下！為什麼我也要一起去啊？我也是被攻擊的目標，應該要躲起來才對，現在要我去醫院，不是羊入虎口嗎？」綠豆急著甩開他的手，不是她見死不救，而是她也自顧不暇。

綠豆打從還在她老媽的肚子裡，就已經注定好天生雞婆又愛管閒事的個性。不過這件事情攸關自己的性命安危，尤其對方擺明是針對自己尋仇而來，綠豆不免綁手綁腳，不願意面對。

孟子軍突然定定地看著綠豆，以非常堅決、肯定、絕不妥協的語氣道：「它是鬼欸！妳能躲到哪裡去？警徽一定是跟著我移動，我一離開屋子，妳就沒有安全可言了！」

他所說的每一個字都令她啞口無言，因為她知道那都是事實。

「可是……可是……」綠豆的心底還是非常掙扎，但已經找不到什麼好理由了。

「妳要知道，它現在有三個攻擊目標，依芳本身具有避邪的能力，對付她最花力氣，如果是我也不會先找她。一旦另外一個死了，那下一個就輪到妳了……」

第十四章　童話事件（十四）

一到醫院，兩人就直奔精神病棟，一臉慌張地衝進護理站，一見到護士小姐就嚷著要見陳寶琴，護理人員被眼前這兩位驚人的氣勢震懾了好一晌，才急忙地解釋著：「不好意思，陳女士屬於急性患者，有會客限制，而且你們也不是病患的家屬，所以……」

「學姐，現在人命關天，還什麼限制不限制？拜託通融一下，我們要確定病人的安全啦！」綠豆緊抓著護理人員的手不放，在醫院裡面只要遇到同行，不管自己是否身穿制服，不管認不認識對方，都必須稱呼對方學姐或學妹，這是護理界最基本的禮貌，也可以拉攏彼此的關係。現在她希望念在大家都是護理人員的面子上，放他們進去。

「病人在我們的照顧之下絕對安全，請你們放心，隔離病房裡面不但沒有危險器具，就連牆壁也是特殊材質，不論病患怎麼碰撞也不至於受傷，所以……」

「小姐，我們真的趕時間，拜託妳讓我們進去一下，我們絕對不會惹麻煩的！」孟子軍實在沒有時間聽護理人員解釋得落落長。

「先生，請你尊重醫院的規定！」護理人員雖然臉帶微笑，不過語氣卻很堅決，「如果你執意要進入保護區，請先和我們林醫師……」

「什麼事情那麼吵？」從護理站冒出一名穿著白袍的斯文男子，手中捧著病例，表情看不出情緒變化。不過當他看清眼前的訪客就是今早才出現的孟子軍和綠豆，整張臉瞬間垮了下來。

「林醫師，我們現在急著要見病人，必須把她移到安全的地方，不然她可能有生命危險！」孟子軍一見到林祐溪就急著大叫。

林祐溪不著痕跡地嘆了一口氣，心想這警察真不是普通地煩人。

「警察先生，我記得今天早上我才跟你說過，病人現在的精神狀況不適合會客，何況是遷移？到底是什麼事情需要這麼緊急？醫院裡面的專屬保護室非常安全，所有設備都是為病患量身打造，就是為了病患的安全著想。雖然現在病患是警方列管的對象，但就算提出書面聲請，也要由專業的精神科醫師判別精神狀況才能遷移。」

林祐溪一板一眼地推推眼鏡，一副理論派的模樣。在孟子軍的眼中，這種人就是自視甚高，完全不把別人放在眼底的知識分子，如果可以的話，他真的好想把林祐溪抓起來揍一頓。

綠豆早就知道林祐溪在醫院裡面是出了名的怪咖，就連院長都拿他沒轍。這人脾氣又臭又硬，要不是他的腦袋有五官和頭髮，大家還以為他的是顆硬到連水都穿不透的石頭。不過人家就是有實力又有才情，誰也莫可奈何。

但現在情況分秒必爭，她實在沒辦法顧及正宗老番癲的脾氣，「林醫師，現在不同於一般的緊急狀況，搞不好病人已經出事了！」

她心中暗暗祈禱陳寶琴千萬不要出代誌，不然自己就真的代誌大條了。

「這怎麼可能？」林祐溪一臉冰冷，「我們醫院針對保護室的病患有架設攝影機，如果你們懷疑本院有疏失，我可以讓你們看看監控畫面！」

林祐溪的臉色只能用鐵青來形容，眼前這兩人一再挑戰自己的忍耐極限，難道不知道身為醫師，最討厭沒有證據的指控，這簡直就是質疑他的專業和醫院的服務品質。

林祐溪二話不說便讓兩人進入護理站，指著放置在另外一邊的監視螢幕，裡面出現的正是陳寶琴躺在床上睡覺的畫面。

「你們看，她不是睡得好好的？」林祐溪指著畫面，不可一世的模樣，「我們已經為她施打鎮定劑，現在正躺在床上睡覺，現在確定沒……咦……」

他話還沒說完，螢幕突然一片黑。

孟子軍和綠豆的眼角瞄到林祐溪的嘴角有抽筋的情形，只見他趕緊檢查機器是不是出了問題，只是東摸摸西摸摸，螢幕還是一點變化都沒有。

林祐溪氣急敗壞地想摔東西，不過他不會這麼做，因為這不是他的作風。只是這監視螢幕這麼不給面子，剛才還把話說得這麼滿，現在不是自打嘴巴嗎？

「既然機器出了一點小問題，我就特例讓你們在門外看一眼。確定病患沒事之後，就請你們離開！」

林祐溪趕緊在孟子軍出聲之前找臺階下，他現在只想趕快打發眼前兩個問題人物。若是一般人無法溝通，大不了請警衛出面趕人，偏偏其中一個是警察，另外一個又是自己院內的員工，兩個都趕不得，不如趁早讓他們死了心，省得在這裡浪費唇舌。

林祐溪領著他們往保護室的方向前進，他原本就不喜歡說話，現在遇到令他心煩的狀況，更是連一個字也不想說。

跟在他身後的綠豆和孟子軍像是火燒眉毛一般地心急如焚，恨不得上前推他一把，就怕差那麼一秒鐘，事情就會發展至不可收拾的地步了。但林祐溪的個性又是那種激不得的調調，兩人實在一點辦法也沒有。

唯一慶幸的是，護理站離保護區並沒有很遠。當隔離區的感應門緩緩打開時，放眼望去就是一條短短的走廊，左右各兩間保護室，孟子軍記得陳寶琴就住在左邊那間 103 病房。

每間隔離病房前都會在加裝一道鐵門，只是為了方便醫護人員觀察病患，房門上都安裝著透明的壓克力窗板，林祐溪的忍耐限度就在這條防線上。

「病患的狀況你們今天早上已經了解了，這方面我就不再多加解釋，我希望你們確認病患安然無恙之後，立即離開，避免影響病患的休息和治療！」林祐溪講話的腔調剛硬沒有起伏，就跟他給人的感覺一樣，他對應方式就是這麼制式化，總以官方說法來應付難纏的家屬。

在林祐溪的認知當中，已經把孟子軍和難纏家屬畫上等號，搞不好還提升了一個層次。

孟子軍忍著一口氣不發作，但腦海中早就不知道把林祐溪踢到哪個世界去了。為了陳寶琴的安全，他暫時不想理會林祐溪的無禮。

平時反應就比別人遲鈍的綠豆倒也沒想那麼多，趕緊往裡面一看，發覺陳寶琴安然地躺在床上睡著了，和今天早上的歇斯底里比較起來，實在好太多了。

「我們院方將病患安置在這裡最安全不過，你們說，到底哪裡危險？」林祐溪顯然對兩人提出搬遷的建議感到相當不以為然，在他手中的病患，沒有一個可以不經過他的診斷就離開，好歹也必須經他之手簽下轉院或離院通知。

林祐溪身為精神科的醫師，對精神病患很有一套，不過跟一般人的對答卻缺乏耐心。事實證明，他只適合待在精神科，因為他跟精神病患可以搏感情，但是面對其他人就有股令人難耐的架式。

兩個男人可說是互看不順眼，氣氛出現一觸即發的緊張

此時，孟子軍已經開始在心中暗暗盤算，反正人都已經到這邊了，如果必要時，他會撞破房門衝進去救人，還會假裝手滑揍林祐溪一拳。

「那個……」綠豆突然看著兩個神情緊繃的男人，指著103號病房，「我記得陳寶琴之前不是需要綁上約束帶？你們幫她解開了？」

解開？林祐溪頓了一晌，他不記得曾經要求護理人員解開約束，還是住院醫師開了新醫囑？

此時兩個男人加上綠豆，三顆腦袋擠在小小的壓克力窗板前，視線集中在沉睡中的陳寶琴身上。就在三人幾乎貼在壓克力板上的時候，一道青綠色的影子突然在三人面前一閃而逝。

保護區的走廊突然傳來此起彼落的抽氣聲，但下一秒卻是連呼吸都聽不見的寂靜。

「你們……有看到……什麼嗎？」綠豆手心冒汗，她是不是看到什麼不該看的畫面？

「裡面應該只有病患才對。」林祐溪迅速恢復鎮定，馬上朝著科學和邏輯理論的方向思考。

林祐溪一臉納悶，方才監視螢幕忽然故障，不過之前的畫面確實只有陳寶琴一人待在保護室，目前值班的護理人員也在護理站，裡面怎可能還有其他人？

「你快開門啦！」孟子軍相當不耐煩地大喝，不管現在是什麼情形，先開門再說。

不同於其他兩人激昂的情緒，林祐溪仍然不死心地靠近壓克力窗板，想確定是不是眼花了，嘴裡嚷著：「你們還沒跟我解釋，到底為什麼要將病患移走。」

他的臉離窗板越來越近、越來越近，猛然，一張泛青的臉猙獰地咧開嘴，瞬間占據整個窗板，兩張臉之間僅隔著單薄的壓克力，幾乎可以感覺到彼此的鼻尖貼上鼻尖……

「因為有鬼！」孟子軍的聲音在他的背後傳來。

那張泛青得不像正常人的臉，在下一秒不見蹤影。

綠豆和孟子軍傻眼大約五秒，但林祐溪有別一般人的正常反應，不但沒有尖叫，而且相當冷靜，只是他往後退兩步的動作顯得非常僵硬。

「鬼？」林祐溪不自然地乾笑兩聲，「這世上哪來的鬼？太可笑了！」

現在都什麼時候了，這傢伙還死鴨子嘴硬？綠豆由衷納悶林祐溪的心臟到底是什麼構造。一般人和這麼恐怖的鬼臉貼在一塊，多少也該呈現「被鬼驚嚇症候群」的症狀，例如尿褲子、頓時喪失意識等等，或至少歇斯底里一下。但他竟然連尖叫都沒有，還堅信這世界上沒有鬼？他是不是精神科待太久，神智不清了啊？

「要不然你剛看到的是什麼東西？你怎麼不解釋一下啊？難道你們裡面的護

士小姐哪個長得像青銅器啊？能不能拜託你清醒一點，快點開門，讓我們進去救人？」孟子軍指著103號房咆哮，實在受不了這種睜眼說瞎話的假道學，他已經快按耐不住對林祐溪的怒火了。

林祐溪頻頻深呼吸，他在精神科待那麼久，遇到不少病人喊著見鬼，他都會告訴患者，這是幻覺或錯覺，現在他一定也是遇到這樣的狀況。

長期告訴患者世上沒有鬼魂的他，怎能在這時候承認自己見鬼？這不是等於推翻他歷年來的認知和自己秉持的理論嗎？

「你們都有病！我有一半以上的患者都說看見鬼，如果我相信的話，怎麼幫他們治療？事實證明很多都只是出自於病患自己的想像，我建議你們最好也來掛號，明天上午我有門診，你們可以先預約！」林祐溪平時沒有功能的顏面神經在這時候起了作用，表情有著難以形容的扭曲。

不管了！孟子軍的好耐性已經在這一刻被磨光，他實在沒辦法再和林祐溪瞎攪和，直接開始猛力撞門，一邊撞門，嘴裡還一邊大叫：「你大可以做睜眼瞎子，但我們可沒辦法跟你一樣眼睜睜看著陳寶琴出事。」

孟子軍所說的每一個字都撞擊著林祐溪的內心深處，現在的確不是固執己見的時候。他不相信有鬼，不過他知道保護室裡有古怪，再怎麼樣也不能讓患者出事，否則會一輩子良心不安。

林祐溪一把拉開孟子軍，「這些門怕被病患破壞，所以特別堅固，沒有鑰匙是絕對進不去的。現在我不是相信裡面有鬼，我只是要進去確定我的病人沒事！」

他立即拿出鑰匙，卻沒料到自己的手竟然抖得如此厲害，怎樣都無法將鑰匙放進鎖孔。他有種力不從心的挫敗，感覺自己在這種關鍵時刻竟然比一個小孩還要不如。

綠豆一見他掏出鑰匙卻遲遲打不開門，二話不說就搶過鑰匙，轉眼就將門打開，轉身將鑰匙交還給林祐溪的時候，還一副倚老賣老的姿態拍拍他的肩膀，「別太灰心，這種事情需要經驗，多遇幾次就好了。」

林祐溪的臉如同繽紛多彩的萬花筒，一陣青一陣白，卻又無力反駁，只能喃喃自語道：「誰要多遇幾次……」

孟子軍率先走進保護室，他的首要任務就是確定保護對象還有呼吸，他趕緊衝到床前，發現陳寶琴只是昏睡，胸口規律而平靜地起伏，看樣子小鬼還沒找上門。

孟子軍慶幸約束帶在這時候已經解開，一把將陳寶琴拉起，俐落地背起她，一鼓作氣往門外衝。

只是林祐溪卻擋在門前，怒道：「你幹什麼？你真的要把病人帶走？沒有我的許可，她不能離開保護室。她有極度危險，不但有自殘行為，還有暴力傾向，隨時都有可能會攻擊……」

「隨便你啦！看你是要告我還是要投訴都請自便，你如果不肯幫忙，就給我讓開！」孟子軍根本不甩林祐溪，現在只能盡量爭取時間，就算硬闖也要闖出去。

「你到底有什麼問題？你仔細看清楚，裡面根本就沒有什麼奇怪……」林祐溪的聲音斷得又急又快，取而代之是誇張的抽氣聲。

綠豆和孟子軍登時感覺到一陣陰風掃過自己的臉龐，腳底竄起的冰寒已經強力攀升到腦門。兩人順著林祐溪的視線一看，看見全身發青的小鬼就這樣飄浮在半空中，天花板上的日光燈瞬間爆破，周遭頓時一片黑暗，唯一的光源是小鬼身上的青光。

「這……這小鬼真是一點都不討喜，我之前遇過的惡鬼起碼還會讓日光燈閃一下，它就跟周火旺一樣，居然一點面子都不給……」綠豆氣不過地直嚷嚷，一旁的林祐溪卻錯愕地盯著綠豆認真的臉，顯然沒辦法接受她所說的每一個字。

原本林祐溪還倔強地認定是自己沒睡飽，不然就是蠻牛喝太多，再不然就是受到病患影響，導致自己也產生幻覺。但看綠豆和孟子軍的倉皇神情，這……這真的不是幻覺啊！

小鬼身上的青光並不強烈，在一片黑暗中卻非常顯眼，渾身散發的邪氣更讓人無法直視，現在的它已經和早上看到的模樣大不相同了。不！應該說顏色大不相同，早上見它的時候還是全身灰白，現在全身都呈現暗沉的青綠色，包括它身上那件連身睡衣也閃著青光。它的脖子上正掛著雙頭蛇項鍊，如果他們沒猜錯的話，青光就是源自於那條項鍊。

「快走！」還背著陳寶琴的孟子軍立即大喝，開始準備衝刺。

「大哥，現在連門在哪裡都不知道，要走去哪裡啊！」綠豆那已經直飆最高音域的尖銳嗓音在空間內迴蕩，現在別說救人，連該怎麼逃生都不知道了。

飄浮中的小鬼就像是會吸光的個體，所有的光線全都集中在它身上，但周遭卻暗黑得伸手不見五指，三人連彼此的位置都搞不清楚。

「跟著我！我有手電筒！」相較之下，林祐溪的聲音反而冷靜多了，幽暗的空間裡瞬間發出一道細長微弱的黃色光線。

通常醫護人員身上都會自備一支小型手電筒，因為臨床上必須偵測病患的瞳孔大小，所以是必備工具之一，沒想到在這種危急的時刻也能派上用場。

最熟悉地形的人當然就是林祐溪，加上唯他身上帶有感應卡，若是沒有他領路，兩人也沒辦法離開！

孟子軍和綠豆一見到光線，隨即跟上林祐溪的腳步，急促而凌亂的腳步聲奔過走廊。只是當三人停在感應門前方時，不論感應卡怎麼刷，感應門就是文風不動！

「我就知道！我就知道！」綠豆自暴自棄地往感應門踹了一腳，「根據我遇鬼的經驗，這種時刻門絕對打不開！」

千篇一律的模式讓綠豆覺得厭煩，難道這次又要被困在裡面嗎？

「旁邊有窗戶！」林祐溪指著右邊，那是一扇玻璃窗戶，大小最少可以容納一個男人的身材，目前所在位置又是一樓，只要把它打破，大家還有逃命的機會。

林祐溪迅速果斷地用手肘將玻璃敲破，脫下自己的白袍將尖銳的部分快速清除。

綠豆心想大家的速度再快，也快不過飄移的速度，何況林祐溪還要花時間敲玻璃，綠豆只好趕緊從孟子軍的口袋中掏出皮夾，翻開識別證當成護身符，擋在最前方，幫兩人爭取一些時間。

一路追過來的小鬼見到綠豆又拿出警徽，先是詭異地笑了兩聲，隨即像尊雕像一樣維持和先前一樣的姿勢，張大嘴巴，超越人類極限地撐大下顎，不一會兒竟然從口中冒出一條兩顆頭的巨蟒……

這條雙頭蛇……不就是白玉項鍊上雕刻的雙頭蛇？綠豆又開始不受控制地雙腳發軟，這畫面未免過於經典？對方只不過是個小鬼，展現出的暴戾卻不輸其他惡鬼，若它的父親真的是周火旺，只能說……虎父無犬女。

不過現在真的不適合發呆，在綠豆目瞪口呆的當下，雙頭蛇朝著綠豆襲來。綠豆明知道有危險，想趕緊轉頭奔逃，但四肢卻不聽使喚，別說無力逃命，現在雙腳就像生了根，連抬腳都辦不到。

「綠豆！」孟子軍此時已經將背上的陳寶琴推出窗戶，一回頭就發現如此驚心動魄的畫面，伸手向前一抓，硬把綠豆抓到自己身邊，但他的速度不夠快，雙頭蛇仍掃過綠豆的手，她手中的皮夾就這樣被撞飛。雙頭蛇發覺自己撲了空，憤怒地發出「嘶嘶」聲，隨時準備再次攻擊。

剛才孟子軍在情急之下，完全沒注意自己的力道，導致綠豆被突如其來的疼痛給找回神志，張嘴大罵：「孟子軍，你不會抓其他地方嗎？幹嘛抓我頭髮！我的頭髮已經夠稀疏，我媽都買頭皮按摩水讓我生髮了，你居然就這樣抓一把，你當是在除草還是在拔蘿蔔，要是……」綠豆突然覺得手一空……

「糟了！識別證不見了！」綠豆這回真的快哭出來了，手中的皮夾不知流落何方。

「囉唆什麼？快出去！」現在不是找皮夾的時候，趕緊逃出去最重要，孟子軍必須在有限的時間之內做出最佳的選擇。

男人的力量果然不同凡響，已經在窗外的林祐溪準備接應，孟子軍立即托住綠豆的腋下，輕鬆地將綠豆丟給窗外的林祐溪，接著再以飛虎隊的身手跳出窗戶。

「前面有樓梯，通往地下停車場！」林祐溪繼續帶路，孟子軍則是趕緊背起陳寶琴奔逃，萬一落入小鬼的手中，只怕陳寶琴絕對沒命。

一行人將自己的體能發揮到極限，一路狂奔到停車場。現在只要趕緊開車離開醫院，就有機會脫離小鬼的魔掌，大家都很天真地這麼想。

只是一到停車場，林祐溪最先看到自己的紅色轎車，「我的車在那裡。」

大家廢話不多說，一窩瘋地往車上擠，綠豆理所當然地坐在副駕駛座，孟子軍則是把陳寶琴放置在後面的座位，但問題來了，兩個男人竟然在這時候爭起駕駛的位置。

「這是我的車！」林祐溪理直氣壯地不肯退讓。

「那又怎樣？要不是你龜毛，我們現在也不用這麼落魄！你不是不信鬼神？現在幹嘛這麼緊張，還急著開車？」孟子軍也扯開喉嚨嚷著。

「那是兩回事！」林祐溪漲紅了臉，「現在是計較這種小事的時候嗎？如果不是我的話，你們能逃出來嗎？」

「我們現在需要逃也是因為你！早點救人不就好了？你就是腦袋灌水泥……」

「你怎麼不說自己是沒有腦袋的浮游生物？我是按照醫院的規矩做事……」

「喂——」綠豆的怒吼徹底打斷兩人莫名其妙又沒建設性的爭吵，「你們兩個現在爭辯腦袋的構造做什麼？我說你們兩個都腦袋裝大便，死到臨頭還這麼幼稚，孟子軍受過駕駛特訓，你給我開車。林醫師，你待在陳寶琴的身邊，負責照顧她。現在，動作快！」

女人抓狂的威力果然無窮，綠豆眼神中迸出殺氣，吼叫的方式有點像教訓自己的兒子。

兩個男人這時才猛然回歸現實，想起現在情況危急，哪敢再有任何意見，分別按照綠豆的指示動作。

「男人，就是欠教訓！」綠豆嘖了一聲，甚是不悅地瞪了兩人一眼，趕緊繫上安全帶，隨即轉頭望著孟子軍問道：「你現在要把陳寶琴帶到哪？你要知道現在追我們的不是活生生的人，你千萬不要在這時候跟我說走一步算一步⋯⋯」

每次和依芳遇到這種狀況，沒有其他選擇，只能隨遇而安，因為依芳永遠沒有安全的配套措施，常常只有半套計畫。只靠隨機應變，她們兩個能活到現在，還真的是依芳她阿公有保佑，不過長時間下來，綠豆真的超沒安全感。

「我早就想好計畫了！」孟子軍一臉嚴峻，對他而言，每次出任務就如同上戰場，何況他是組長身分，每一次的任務都必須計畫周詳，絕不容許有任何差錯。

「鬼再凶，也會怕神明！我直接帶陳寶琴到香火最旺的廟宇。」這是他在心中早就打定的計畫。

「什麼？」坐在後面的林祐溪忍不住叫了一聲，「你不把病人送到警察局，居然是送到廟裡面？」

孟子軍一邊急著發車，一邊叫囂，「我現在才應該把你送到裡面的精神病房，你到底知不知道現在是跑給什麼東西追？現在要尋仇的是鬼，又不是人，送到警局好讓大家一起送命嗎？你的精神狀況到底有沒有問題？」

林祐溪這回識相地閉嘴，連他都開始懷疑自己的確在精神方面有異常，不然怎會在現實生活中看到只有電影才會出現的詭異畫面？

坐在副駕駛座的綠豆實在沒什麼閒情逸致參與兩人的鬥嘴，現在她只能在心中不斷暗自祈禱，希望車子在最短的時間內發動，千萬不要像芭樂劇一樣，老是在緊張的時刻發不動，讓車內的主角們慘遭非人的精神折磨。

轟轟轟，車子如預期地發動了，在車內還算清醒的三個人不約而同地流露出欣喜的神情。只要交通工具沒問題，那麼逃出去的機會又再提高一點了。

林祐溪出自本能地回頭看看後方，停車場一如往常地平靜。通常在這時間不會有人在停車場進出，因為大家早就下班了，偏偏就他今天留下來加班，所以才會淪落到被困在這裡。

「奇怪，剛剛那個怪東西沒有追上來，應該是追丟了吧！」林祐溪堅持不肯稱呼「那東西」是鬼，不過這下子沒見到小鬼的蹤跡，卻是大大地鬆了一口氣。

「不管有沒有跟上來，我們先出去再說！」孟子軍用力踩下油門，車子卻不如預期地往前移動，只聽見從車底傳來刺耳的聲音。

那是輪胎與地面強烈摩擦產生的尖銳聲響。

「怎麼回事？」林祐溪一向沒什麼起伏的音調，今晚卻變化特別多，此時的語氣更是透露著難以掩飾的不安。

孟子軍也搞不清楚現在到底出了什麼狀況，但似乎有什麼東西正牽制這輛車，導致車子只能在原地空轉。

林祐溪破天荒地感覺到死神已經在跟他招手了，這一輩子沒拿過香的他，已經緊張得頻頻低聲念著阿彌陀佛，發誓這次要是能活著出去，他每逢初一十五，必定拿香拜拜。

綠豆本來心情已經非常緊張，除了林祐溪神經兮兮的低聲呢喃，外加孟子軍情緒化的用語當伴奏，車內的紛亂徹底影響了綠豆的理智和她的聽覺。

「安靜！」綠豆再次扯開喉嚨大叫，她感覺……車外除了刺耳的摩擦聲，似乎還有另外一種細微的聲音。

兩個男人被綠豆的叫聲給嚇了好大一跳，但是看她側耳聆聽的模樣，似乎也察覺有狀況。

孟子軍立刻放鬆油門，少了輪胎摩擦的聲音，耳朵承受的壓力果然減輕不少，但周遭除了汽車的引擎聲，並沒有特別異常的聲音出現。

「難道是我聽錯了？」綠豆自言自語地低聲自問。

「哪有什麼聲音？」林祐溪故作鎮定地說，「妳別太神經質，越是險惡的環境，我們就要越冷靜，絕對不能自亂陣腳，在學理上來說……」

「啪！啪！啪啪啪！」奇怪的聲響再次響起，這回連林祐溪都聽得清清楚楚。

三人不約而同地轉向聲音的來源，聽起來好像來自林祐溪的方向。

只見林祐溪左邊的窗戶開始產生蜘蛛網般的裂痕，正以倍速增加，轉眼間，整面玻璃布滿了大小不一的裂痕，隨時都有崩毀的現象。

驟時，已經呈現毛玻璃狀態的車窗上，印上一隻小小的手印。

第十五章　童話事件（十五）

「快開車！快開車！快、開、車！」林祐溪發現隨時都會碎裂的玻璃竟然出現了一隻手，萬一那隻手伸進車窗，那他真的只能在地府看診了。

林祐溪可說是精神瀕臨崩潰邊界，原本正襟危坐，現在怎樣都坐不住，將先前囑咐的冷靜全都丟到外太空。現在的他就和保護室裡面的病患一樣瘋狂，只差沒架住孟子軍的脖子嘶吼，但他目前的音量，離嘶吼也差不到哪裡去。

孟子軍見狀，不由得汗流涔涔，恐懼兩字急速竄上心頭，面對眼下的情勢，絲毫不敢輕忽，再次用力踩下油門，這回是拚了命地絕不鬆腳。

難以忍受的尖銳摩擦聲再度響起，但是孟子軍寧可引擎過熱而損壞，也不肯放棄離開的機會。

或許是老天爺聽見三人的祈禱，輪胎在這時發揮了自己的功能，強力地往前暴衝。慶幸孟子軍在警校時受過專業的追緝訓練，駕駛技術這堂課高分結業，才得以在擦撞幾輛轎車之後，有驚無險地衝向出口。

出口的通道並不長，若以林祐溪那種小心謹慎又慢吞吞的駕駛方式，大約一分鐘上下就可以離開醫院大門。

但目前逃命的狀況，再加上孟子軍追緝歹徒多年的開車技術，車子在這狹窄的空間內高速穿梭用不到二十秒，直奔標示出口的通道應該也花不了一分鐘，但是車子在通道內行駛，竟然完全看不到盡頭。

「這怎摸口能？」林祐溪咬字不清，一時找不到自己的舌頭，「這條路我天天開，這……怎……麼可能……」

車後雖然已經看不見任何不該出現的「怪東西」，但身處在無垠無涯的通道中，還是有說不出的恐怖。

「又是鬼打牆！」綠豆用力地拍打自己的額頭，懊惱地想踹幾腳洩恨，遇到鬼打牆，就算開戰鬥機也跑不出這鬼地方。

孟子軍就算在街上警匪追逐，也不曾像現在一樣膽寒，他聽過許多鬼打牆的靈異故事，但萬萬沒想到今天被自己碰上了。

「有沒有破解的辦法？」孟子軍明知綠豆派不上什麼用場，不過基於讓自己心安的立場，還是出聲問一下比較好。

綠豆非常苦惱地抓著自己的雙耳，搖頭晃腦幾秒鐘，猛然叫出聲，「我記得要破鬼打牆，需要童子尿。」

她一說完，隨即轉頭望向孟子軍。

孟子軍察覺到她質詢似的眸光，隨即瞪了她一眼，不客氣地嚷著，「妳這樣看我是什麼意思？我怎麼說也是正常的男人，想也知道這個關卡我是破不了的！」

綠豆隨即轉向後座的林祐溪。

「妳……怎麼在這種時候問人家這麼隱私的問題？我有權力不回答！」他尷尬地推推鼻梁上的鏡框，企圖維持他平時偉岸的形象。

綠豆「啪」的一聲，腦神經瞬間斷了一條，她奮力扯開身上的安全帶，側轉過身，一把抓住林祐溪的衣領，硬把他扯到自己的面前，暴跳如雷道：「誰管你隱私不隱私？我真的忍你超久，現在你只要告訴我有沒有跟女人嘿咻的經驗，到底有還是沒有！」

別說呼吸不怎麼順暢的林祐溪嚇呆了，就連開車的孟子軍見到這麼火爆又直接的場面，差點偏離車道。

綠豆的情緒已經面臨無法控制的地步，現在這樣的艱困的環境還要配合怪咖的脾氣，能叫她不火大嗎？

「有……有啦！」人在江湖，身不由己，林祐溪被她野蠻的力道給勒得快喘不過氣，若是再不爽快一點，他有可能在自己的車內出意外了。

綠豆聽到最有希望的人選也爆出令人絕望的答案，心底一把無名火熊熊燃燒，連林祐溪這種怪咖都有過女人，這世界到底還有沒有天理？她這麼善良、個性又好的優質女性竟然連初吻都不是奉獻給正常的男人，這世道到底出了什麼問題啊？

「現在如此紛亂的社會裡要找到處男，簡直比挖金礦還要困難！我們這下死定了！」綠豆幾乎自暴自棄地在車內咆哮。

車子仍然行進當中，四周的景緻卻千篇一律，車內所有人束手無策，只能任由車子毫無目標地行進。

車內的氣氛十分緊繃，沒人想出聲緩和氣氛，除了沉重的呼吸聲，只剩下和通道一樣永無止境的無聲恐懼。

孟子軍見其他兩人完全喪失鬥志，這對上戰場的士兵而言，是相當危險的一件事情，很可能為此不戰而敗。根據他領隊的經驗，萬一他的小組士氣萎靡，下場通常只有全軍覆沒。

「其實，情況也沒那麼糟，起碼小鬼沒出現在車內，一定還有機會！」孟子軍趕緊精神喊話。

林祐溪卻不這麼想，他能忍到現在不尖叫已經是極限了，這件事情明明和他一點關係都沒有，為什麼連他也被捲進這種令人匪夷所思的事件裡，還莫名其妙地被困在這裡？

「這還不糟？怎樣才糟？」林祐溪徹底顛覆平時穩重自持的形象，完全沒有辦法克制自己的音量，「沒有任何狀況比現在更糟了！」

他正準備繼續大發牢騷，眼角的餘光卻發現一顆影像模糊的腦袋就在自己的耳邊……

林祐溪全身的毛細孔瞬間全數張開，眼睛更是連眨也不敢眨一下，還記得以前看過一部電影，片名叫做《暫時停止呼吸》，不過他看完之後只浮現四個字的感想——嗤之以鼻。

不過現在他卻憋著氣，怎樣也不敢呼吸，甚至連轉頭看清楚的勇氣都沒有。

綠豆納悶，以林祐溪的個性，怎可能忽然沒了聲音？但當她一回頭看清後面的狀況時，忍不住驚慌失措地大叫一聲，「陳寶琴?!她醒過來了！」

林祐溪一聽是旁邊陳寶琴，整個人鬆懈下來，正要斥責她怎麼都不出聲，陳寶琴卻猛然掐住林祐溪的脖子，力竭聲嘶地尖叫著：「去死！去死！還我女兒的命來！妳明明已經死了，還回來搗蛋？去死！去死！」

陳寶琴說的每一句話都沒什麼連貫性，但想致人於死的動作卻相當明確，暴凸的雙眼充斥著血絲，抱持著絕不手軟的瘋狂殺意，緊掐著林祐溪不放，直到指甲陷入他的肌膚，也不肯鬆手。

「救……救命……」林祐溪感覺自己全身的血液全都集中在腦部，不但吸不到空氣，還有種即將爆血管、噴腦漿的感覺。

喪失理智的精神病患通常不懂得控制自己，嚴重的時候根本無法溝通，通常需要專業的治療和技巧性溝通，只是現在林祐溪連說話都有困難，怎麼溝通啊？

他推不開陳寶琴，只能不停地揮手，祈求綠豆趕緊伸出有力的一臂。

後座的狀況一片混亂，綠豆一時也扒不開陳寶琴的手，整個人手忙腳亂地爬到陳寶琴的背上，硬扯她的衣服和手臂，但效果卻出奇地差。

整個車內雞飛狗跳，綠豆擔心林祐溪隨時有斷氣的可能，只能張開嘴巴，狠狠地咬了陳寶琴的手腕一口，結果卻聽見兩人的哀號聲，陳寶琴也叫，被反擊抓住頭髮的綠豆也心急地大叫，兩個女人在後座打成一團，剛從奈何橋走回來的林祐溪則是四肢無力地癱在座位上猛咳嗽，孟子軍一手開車，還要一手拉開兩個正在上演野獸生死鬥的女人。

前所未有的混亂充斥狹小的空間，陳寶琴就像抓不住的洪水猛獸，看到人就踹一腳，不然就是揮拳，在場三個人沒一個倖免於難，孟子軍更是因為受到波及，一時分心，竟然失控地開車撞牆。

強力撞擊讓車內頓時一片寂靜，林祐溪也顧不得現在是什麼情況，幾乎連滾帶爬地滾出車子，看著自己的愛車冒著白煙，林祐溪欲哭無淚地跌坐在地，心裡只想著這輛車還買不到一年，車貸都還沒繳清。

依舊張牙舞爪的綠豆則是被孟子軍拖出車子，以她目前憤恨的動作看來，她相當記恨陳寶琴抓了自己的頭髮。車內的陳寶琴也同樣不甘示弱地反擊，為了讓兩女離開車子，孟子軍著實挨了好幾拳。

「好了啦！她是精神病患，妳跟她計較什麼？」孟子軍從沒見識過女人之間的戰爭，但這兩人會不會打太久了？從車內打到車外，絲毫沒有休息的跡象。

「快點把她打暈！這女人一點都不知道感恩惜福，我們是來救她的，她居然把我當沙包打？」綠豆將所有怒氣都發洩在孟子軍的身上。

「妳瘋啦？妳當現在是在演連續劇還是電影？真以為隨便就可以把人打暈

啊？妳要知道打暈跟打死唯一的差別是運氣，不是力道！」林祐溪一聽到要動用暴力，又開始囉唆起來。

不過孟子軍面對眼前毫無紀律、又沒計畫的混亂場面已經懶得多說廢話，直接揚起手刀，往陳寶琴的脖子後方一擊，陳寶琴隨即軟趴趴地倒地不起。

「這……這怎麼可能，在理論上……」林祐溪又想搬出一套理論或是數據，不過孟子軍已經受夠了，簡單扼要地回答，「別人不行，我可以！我待過特殊單位，抓住訣竅就可以了。現在我們趕快想想下一步該怎麼辦吧。」

陳寶琴一倒地，現場安靜許多，三人雖然覺得這停車場的通道十分弔詭，但起碼沒有其他恐怖的景象出現，當下的恐慌也稍稍平復一些。

「既然往前走是死路，那就往回走！如果可以走回精神科，我知道還有另外一條路可以通往醫院大門，那邊人比較多，氣也比較旺，搞不好還有機會！」綠豆只能提出唯一的辦法，否則繼續待在這裡也無濟於事。

「好吧！死馬當作活馬醫，反正橫豎都是一刀，縮頭伸頭都沒差，我們回去！」孟子軍一把將陳寶琴扛在肩上，現在已經沒有退路，只好退而求其次，尋找下一個機會，即使渺茫也比坐以待斃強多了。

「不要！我不要回去！」林祐溪的眼底寫滿了懼怕，才剛剛從那個鬼地方逃出來，現在竟然又要回去？這不是找死嗎？

「那你自己待在這裡好了。」綠豆率先往回走，孟子軍也大步跟上，完全不想理會他的想法。

林祐溪在原地天人交戰將近三十秒，看著空曠的車道，前後除了綠豆三人之外，根本沒有其他人影。昏黃的照明燈伴隨著詭異冰冷，讓原本完全不信鬼神的他感覺背脊發涼，眼看兩人的背影越來越遠，內心的驚恐也越來越深，基於人多好照應的道理，在迫於無奈的情況下，只好認命地跟上前。

「我……我……我只是覺得人多好辦事，基於民主的立場，少數應該服從多數，我只是貫徹民主精神……」林祐溪開始為自己找臺階下，那副畏縮的模樣就像是做錯事的小孩。平時老是待在醫院裡面的他，是精神科的當紅炸子雞，何曾這樣低聲下氣過？但人在屋簷下，不得不低頭。

孟子軍和綠豆只是回頭看他一眼，默默無語地往停車場的方向移動，現在最主要是確定是否能離開這條通道。

「咦……那不是我們單位的感應門？」林祐溪指著前方的門，一臉驚異，怎麼沒有經過停放車輛的停車場，直接由出口車道連接到單位的門？

綠豆也覺得不對勁，這不就擺明了請君入甕？突然出現的感應門，根本就不符合常理。

「怎麼辦？現在是要進去，還是不進去？」這下子綠豆也亂了頭緒，不知該如何是好。

反倒是孟子軍臉上的表情沒有多大的變化，他臨時決定的計畫是隨機應變，既然現在進退兩難，那麼總要想辦法找出路。

「先進去看看！」孟子軍毫不囉唆，直接走上前，這回感應門根本不需要感應卡，他才一走近，便自動開啟。

一行人走進去之後，林祐溪忍不住叫了起來，「這不就是我們的保護室？但我們哪來這麼多保護室？」

幽暗的空間裡，天花板上的日光燈沒有一盞綻放出原本的光芒，取而代之的是帶著陰森氣息的暗紅色光芒，放眼望去，又是沒有盡頭的長廊，長廊的兩邊是多到數不清的保護室，最令人感到震驚的畫面，是每一間保護室的外面都掛著 103 的門號。

「我們只是換個地方鬼打牆吧！」綠豆幾乎絕望地嚷著，別說要到醫院門口，現在連精神科都走不出去。

這下子果真進無步、退無路，只能硬著頭皮上了。

孟子軍小心翼翼地推開其中一扇門，門後的景緻就和一般的保護室一模一樣，暗紅的光線下，只有單調的一張床，其他什麼都沒有。

滴答——滴答——滴答——滴答——答答——雖然什麼都沒有，可是竟然憑空聽見滴滴答答的水聲。房間內根本沒有衛浴設備，也沒看見漏水的跡象，那麼這滴水聲到底從何而來？

滴水聲一開始並不明顯，只是隨著大家的注意力越來越集中，水滴聲越來越響亮，彷彿由遠而近地衝擊著每個人的耳膜，強烈感受到周遭的溫度起了明顯的變化，牆上忽然出現急速結霜的現象。

每個人的呼吸都冒著白煙，空氣裡帶著黏膩的濕氣。不明白這是怎麼回事，唯一能確定的，只有這絕對不是人為的現象。

綠豆緊緊靠著孟子軍，頻頻發抖的身軀除了發自內心的恐懼之外，主要是保護室和冷藏室的溫度已經沒有差別了。

「孟子軍，萬一我們走不出去，真的只能做亡命鴛鴦了耶！」綠豆一臉哀怨，不過聽到「亡命鴛鴦」這四個字，孟子軍著實傻眼好一晌，不明白他們什時候成鴛鴦了，瞬間不知該怎麼反應。

林祐溪不耐煩地撇撇嘴，心想綠豆怎麼有辦法在這種情況下開玩笑？

正當室內瀰漫一股濃濃化不開的詭誕時，房門上的喇叭鎖忽然動了起來，就像有人正隔著一扇門，準備把門打開。

但現在這種情況之下，房門外面的確定是人嗎？

「啊——」綠豆緊閉著眼睛，忍不住叫了起來。

綠豆的叫聲一響起，推門而入的人影也跟著傳出發自丹田的有力尖叫。兩道足以震破防彈玻璃的音頻在空中彼此交會大約三秒鐘，等她看清聲音的主人到底是何方神聖時，綠豆差點哭了出來……

林祐溪順著房門的方向望去，只看見一名看起來大約一百六十公分上下、身材纖細瘦弱的女子站在門邊，簡單地將咖啡紅的直髮在腦後綁成一束馬尾，身上穿著一件樣式簡單的白色上衣和黑色牛仔褲。除了臉色蒼白一點，她看起來和時下走在街上的女性沒有什麼不一樣。

「依芳?!真的是妳啊！這應該不是幻覺吧？」綠豆衝上前，頭一次看到女人卻有種喜極而泣的衝動。

「學姐，你們怎麼會在這邊？」女子看到眼前的場景，一臉詫異，急急忙忙地跑上前。

「林依芳！」綠豆一時衝動，竟然在大腦完全沒有運作的情形下，一把將依芳抱住，「妳這傢伙為什麼都不接電話？妳不知道這兩天我快要被折騰死了，妳要是再不出現的話，妳每逢初一十五就要帶鮮花素果來祭拜我啦！」

「到底出了什麼事？」依芳轉過身，一臉關切的表情有別以往，指著旁邊兩個男人和被打量的女人，「為什麼還有其他人也出現在這裡？」

「這說來話長，也好難解釋……」

綠豆不斷地比手畫腳，生動活潑地簡單描述整件事情的過程，連帶一直狀況外的林祐溪也了解了所有的前因後果。

「妳說……那個小鬼有可能是周火旺的小孩？不會這麼倒楣吧？」依芳的表情起了明顯的變化，對於目前的處境也開始感到擔憂，她很快地從自己的包包中拿出手機。

「我收到妳的簡訊，要我立刻到精神科來找妳，上面說得不清不楚，但確實是妳的手機號碼，我怕有什麼急事，所以一見到簡訊就立刻過來了。我一踏進精神科，護理站一個人也沒有，於是我想說精神科的學姐們有可能在休息室，一打開門就看見你們了。」

「簡訊？什麼簡訊？我沒有傳簡訊給妳啊！我的手機早就不在我手上，難不成是那小鬼傳的簡訊？」綠豆趕緊接過依芳的手機，畫面出現簡單的幾個字。

「快來精神科，有急事！」

上面出現的號碼也的確是綠豆的手機號碼。

綠豆吃驚地皺起眉頭，「之前我打電話給妳，一直都未開機，難道也是……」

「如果我沒猜錯的話，那小鬼特地把我引來，恐怕就是為了要一網打盡，現在它想報仇的對象全都在這裡了。」

不會吧?!林祐溪雖然面無表情，但心底卻波濤洶湧。就算他這輩子都很鐵齒，也犯不著用這麼強硬的手段讓他相信這世間有鬼神啊！

他不信邪地走向房門，重複開開關關多次，不論怎麼開，外面的景色就是不變的昏紅。

「依芳，妳趕快想辦法救我們出去！」孟子軍一臉期盼，現在唯一的希望就是依芳了。

「欸！孟子軍，你真當我是救援小組啊？」依芳不悅地瞪了孟子軍一眼，她就知道遇見他絕對沒好事。

綠豆和孟子軍當然心急如焚，畢竟他們已經被困了一段時間，現在不想辦法出去，只怕裡面的陰氣越來越重，一伙人的陽氣也擋不了多久。

依芳從上衣的口袋拿出黃符，這回她已經聰明地先用硃砂筆畫下符咒，動作流暢而優雅地一揚手，兩指之間冒出火苗。

林祐溪見到這一幕，眼珠子差點跳出自己的眼眶。這名叫依芳的女子到底是什麼來頭？怎麼有辦法一伸手就冒出火花？現在是魔術時間，還是她手中藏有打火機？

「把你的嘴巴閉起來！」這回輪到孟子軍拍拍他的肩膀，理所當然地點點頭，「我第一次看見的時候也跟你一樣，不過這是真的！林依芳的阿公是天師，她是名正言順的天師傳人，只要有她在，我們可以放心一點！」

天師傳人？這名稱聽起來就好響亮，林祐溪此時總算鬆了一口氣地揚起前所未有的燦爛笑容，心想終於出現一線生機了。

當火苗正要點燃黃符，猛烈地颳過一陣狂風，這陣狂風不但吹滅了火苗，還帶著刺骨的陰寒，讓所有人感受到椎心的冰冷直竄骨髓，全身也受到低溫的影響，每個人發抖得更加劇烈。

「大家靠在一起，避免讓體溫流失太快！」孟子軍急著大喊，所有人趕緊縮在一起，這道理就跟遇難的時候大家要互相取暖的道理是一樣的。

「嘻嘻嘻！嘻嘻！」空間內傳來小女孩的笑聲，只是這笑聲有別一般孩童的天真無邪，而是帶著惡意的捉弄，「你們這樣就想走？怎麼不多陪我玩一下？我好孤單，也好寂寞，我要你們陪我玩遊戲。」

小女孩的聲音在空中飄蕩，只聞其聲，不見其影。

倏地又颳起一陣風，這陣風明顯地針對孟子軍肩上的陳寶琴，強勁的風力等同使盡全力的巴掌，掃過陳寶琴的當下，她的唇角流下一道血痕，臉上的疼痛也讓陳寶琴不得不清醒過來。

清醒後的陳寶琴急忙掙脫孟子軍的鉗制，全身就像是急著逃命的泥鰍，根本就抓不住。

眾人深怕陳寶琴一醒了過來，又開始胡亂攻擊別人，正準備壓制她的當下，卻發現原本躁動的陳寶琴忽然渾身僵硬，整個人呈現僵化狀態。

原本手忙腳亂的每個人一見到她的反應，不由自主地停下自己的動作，好奇地盯著應該抓狂的陳寶琴，卻發現她的視線落在眼前那面牆上。

牆上陡然出現畫面，就像有人在房間內架設投影機，正在播放影片。這影片像古老的黑白默劇，沒有聲音也沒有色彩，而這段影片的主角之一，竟然是陳寶琴。

綠豆和孟子軍認得畫面裡面的場景是姜家的陽臺，角落裡放置一個飽受風吹雨打的破木箱，欄杆上面繫著一條狗鍊，最怵目驚心的畫面是狗鍊竟然拴著一個小孩子。

那小女孩看起來十歲上下，但有別其他健康的孩子，渾身骯髒，而且絕對是長期飢餓才會造成骨瘦如柴的模樣，一身襤褸又披頭散髮，看起來比街上的流浪漢還要不如。只見小女孩縮在牆角，手中緊抱著娃娃，不斷地顫抖，兩眼流露祈求般的眼神，直盯著站在她眼前的女人。

那個女人就是陳寶琴。

陳寶琴的嘴邊掛著鄙夷的笑容，頂著濃妝，衣著也顯得光鮮亮麗，和現在狼狽憔悴的模樣是天壤之別。

陳寶琴的手中端著一碗飯菜，放置在小女孩的面前，但食物的色澤卻和餿水沒有兩樣，小女孩就像狗一樣趴在地上狼吞虎嚥。

小女孩還沒吃完，突然出現兩名少女，其中一個還穿著高中制服，孟子軍認得高中少女就是姜家的妹妹，姜采潔。

姜采潔一腳踢翻小女孩的碗，一臉嫌惡地摀著自己的口鼻，突然抓起地上的娃娃，用力地踩了幾下。小女孩驚慌失措地苦苦哀求，另外三人卻嘲弄似地大笑，完全不理會小女孩的哭泣。

一旁的姜韻潔覺得這樣還不過癮，抓起娃娃就丟進垃圾桶。受到刺激的小女孩頓時凶性大發，伸長手猛然跳起，一把抓向姜韻潔的臉，留下清楚的五道抓痕。

姜家母女暴跳如雷，開始上前痛毆小女孩，姜家姐妹更是隨手拿起旁邊的衣架和塑膠水管當武器，陳寶琴一時控制不住自己的力道，發狠似地用力往後一推。

比其他小孩更加瘦弱的女孩，哪禁得起大人的摧殘，混亂之中撞上架設在陽臺上的水龍頭，登時在頭上撞破一個大洞，血流如注。

小女孩失去意識地昏倒在地，手腳不間斷地抽搐，看起來是大量失血所導致的休克反應。

隨後的畫面跳開，三個女人手忙腳亂地把小女孩的屍體拖往浴室，拿菜刀胡亂地將小女孩的肢體分解成好幾塊。看得出這三人的神情慌亂，尤其是拿著菜刀的陳寶琴更是閉上眼睛亂砍一陣，整間浴室濺滿了可怖的血跡，三人全身也染上潑墨般的紅……

小女孩的臉被砍得血肉模糊，完全分不清五官的位置，頭皮也被一把扯了下來，如今的血腥畫面完全沒有馬賽克處理，別說林祐溪見到這殘忍的畫面已經忍不住乾嘔，就算是見慣凶殺案的孟子軍也感覺到胃部一陣翻攪，剩下的綠豆和依芳老早就撇過頭，連看也不敢多看。

「陳寶琴，妳簡直喪心病狂，居然連這麼小的孩子也下得了手？」孟子軍忿忿不平地斥責，就算他承辦過不少慘無人道的案件，也沒遇過如此凶殘的手法。

牆上的畫面驟時消失無蹤，牆面卻出現一個像是浮雕的影子，那個影子就是瘦得只剩下皮包骨的小鬼，只是這回和先前不大一樣，她全身是由分解的肢體組合起來，整張臉像是好幾塊殘缺的拼圖碎片拼湊而成，令人納悶的是，她看起來全身結冰。

這才是她死前真正的模樣。

小鬼的臉部線條非常僵硬，看著陳寶琴的雙眼更是帶著滿腔的怨恨，「她還把我放到冰箱裡冷凍，每天拿一點給野狗吃，害我死無全屍，只能變成孤魂野鬼，被困在那間屋子裡動彈不得！」

眾人渾身打著哆嗦，想必姜家母女擔心屍臭會引來其他住戶的注意，只好將屍塊丟到冰箱，分次把屍塊丟給流浪狗解決，只是那些狗未免太倒楣了吧？

陳寶琴看著這一幕又一幕的畫面，無力地跌坐在地，整個人像是被掏空一樣，張大嘴卻怎樣也發不出聲音。當時的景象歷歷在目，就算閉上眼睛，所有的一切仍然浮現在自己的腦海，揮之不去。

當初她怕屍體被發現，這麼做是為了不引人耳目，之後的日子總是充滿了罪惡感，整天疑神疑鬼，就怕小鬼來報仇。她整天活在恐懼當中，沒過過一天好日子，如今面對兩個女兒慘死的事實，她實在是生不如死。

現在這小鬼終於找上門，她再也無處可躲了。

「她這麼可惡，我找她算帳不可以嗎？」小鬼裝可愛的時候，實在說不出的詭異。

「是可以啦！」綠豆相當認同地點頭，畢竟陳寶琴真的太超過了，平時連虐待動物都看不下去的她，怎能忍受虐待兒童？不過看到孟子軍和林祐溪投來殺人的目光，連忙出聲解釋，「就算妳想報仇，也不能用這種殘忍的手段，妳讓我們知道她做的壞事，就可以讓她接受法律的制裁，這樣還不夠嗎？」

「不夠！」小鬼用力地尖叫，「不夠！不夠！叔叔跟我說過，害我的人都要死，誰都一樣！」

小鬼的眼神隨即轉向綠豆和依芳，殺氣騰騰的架式和方才盯著陳寶琴的眼神完全相符。

「妳們也一樣，害得我爸爸回不了家，才會讓我這麼悲慘。我的死，妳們也有分。」

綠豆和依芳被這樣的氣勢給嚇退了一步，一個孩子的眼睛竟然可以承載著莫大的恨意。

「妳能不能告訴我，那個叔叔到底是誰？妳爸爸真的就是周火旺嗎？如果真的是周火旺，那妳知不知道你爸爸是喝到假酒死亡，不是因為我們而死。我們頂多是送妳爸爸在黃泉路上走一程，真正殺害妳爸爸的凶手另有其人，妳搞錯了吧！」

綠豆忍不住大聲解釋，當初的假酒事件在醫院裡面鬧得沸沸揚揚，沒想到現在居然連他的小孩都跳出來要為父報仇。她和依芳到底是造了什麼孽，為什麼衰事特別多？這小鬼看起來一點都不輸周火旺。

不過她現在最在意的是小鬼口中的叔叔為什麼要造謠？這人到底有什麼企圖？

偏偏小鬼始終沒提過這個神祕人到底是誰。

「我爸爸就是周火旺，叔叔就是叔叔，他是唯一的好人，是他教我怎麼利用怨氣報仇，教我怎麼獲得力量脫離那間困住我的房子。他說的絕對不會錯，他絕對不會騙我！壞人是你們，明明是她把我殺死，你們卻幫她！」

小孩子直線式的思考邏輯，一旦鑽牛角尖就走不出死胡同，認定這樣，就是這樣，誰也講不聽，難以溝通。

偏偏就是這麼不幸，這小鬼就是這種個性。

「壞人是妳爸爸！」始終沉默的陳寶琴突然失心瘋地仰頭大笑，「妳爸爸是個爛東西，玩弄我的感情還騙走我大半積蓄，自己跑了也就算了，還把妳這廢物留給我養，憑什麼？」

陳寶琴對周火旺的怨恨一鼓作氣地宣洩出來。他們之間的恩恩怨怨早就該了結了，她現在已經一無所有，還有什麼好怕的？

「拜託！妳能不能不要在這時候激怒它啊？」陳寶琴不怕，但是綠豆怕啊。她希望陳寶琴不要在這種關鍵時刻發神經，不然小鬼一發飆，大家全都沒有好下場。

「當初留妳下來，就是為了讓周火旺良心發現，只要他回來找妳，我就有機會拿回我的錢，怎知道他一去不回頭，別說回來看妳，就連一通電話都沒有！妳爸爸根本就不愛妳，他甚至連戶口都沒幫妳登記，妳連一個完整的姓名都沒有，廢物就是妳唯一的名字！」

第十六章　童話事件（十六）

廢物是她唯一的名字？這句話重擊小鬼的心房。

每個人都看得出小鬼的神情很受傷，知道自己是被父親遺棄，那種悲痛不是一般人所能體會或是了解的，小鬼的眼神，就和街上的流浪貓狗如出一轍。

「妳媽媽跟別的男人跑了，只不過丟下妳之前買了個破娃娃當補償，妳竟然智障地把它當作寶，要不是……」陳寶琴渾身散發著瘋狂的氣焰，說話的語氣帶著挑釁的意味，整個人完全不受控制。

「妳閉嘴！」最後受不了的人竟然是林祐溪，他的忍耐已經超過極限，再也壓抑不住地大喝，「妳夠了沒有？好好的一個小孩被妳害成今天這副德性，妳一點都不會覺得愧疚嗎？」

「呃……你們最好先看一下小鬼，我覺得它快要起肖了！」孟子軍急忙地大聲嚷嚷。

原本像是浮雕的小鬼突然從牆面衝了出來，以迅雷不及掩耳的速度衝向陳寶琴，哭叫著：「我爸爸才不會不要我！妳說謊！妳一定是在說謊！」

小鬼的身軀竟然像條蛇一樣，緊緊地纏住陳寶琴的身軀。陳寶琴劇烈地掙扎，但小鬼將身軀越纏越緊，完全不肯放鬆，眼看陳寶琴的掙扎趨向微弱，再不出手救人，陳寶琴必定凶多吉少。

「依芳，雖然她真的罪該萬死，不過總不能眼睜睜看她被殺吧？」孟子軍身為執法人員，自然最痛恨歹徒，尤其是沒有人性的凶殘歹徒。只是國有國法，必須將歹徒交給法律制裁，以暴治暴解決不了任何問題。

依芳火速地拿起硃砂筆，先是用力朝它一甩，小鬼被潑到硃砂的反應就像是被潑到硫酸，接觸的地方冒起劇烈的白煙，小鬼淒厲地慘叫一聲，出自本能地往後縮，同時鬆開了陳寶琴。

陳寶琴臉色發白地癱在地上，動也不動，林祐溪趕緊衝上前去，確定她還有呼吸，只是非常微弱，「她還活著！但是需要治療，她的生命徵象非常不穩定。」

身為一名醫師，他沒辦法見死不救，雖然陳寶琴是他行醫到目前為止最不想救援的病患，但基於醫德，他必須伸出援手。

「小朋友，妳先乖乖聽阿姨說……」綠豆企圖緩和它的情緒，但卻徒勞無功。

「你們全都是壞人！全部都是！我要你們全都死光光！」小鬼身上的綠光越來越強烈，身上也開始冒出蛇皮的特殊紋路，最令人不可置信的，是原本半透明的靈體，竟然轉變成實體。

「它……到底是鬼還是妖？」依芳看到這一幕，瞬間也為之傻眼，怎麼小鬼看起來和其他的怨鬼大不相同？

照理說，鬼和妖是兩回事，就像貓和狗屬於不同的物種，不能混為一談，這是一般的常理，還是她太孤陋寡聞，完全無法理解現在是怎麼一回事！

「鬼或是妖有差別嗎？」林祐溪看著眼前的奇觀，心臟已經快要不堪使用了。

「如果是鬼，真的非常難對付。如果是妖，那是非常、非常難對付，重點是，我沒遇過妖……」依芳無奈地聳聳肩，如果真是遇到妖，那麼她還真不知道怎麼辦。

「林依芳，現在不是開玩笑的時候，妳認真一點啦！」綠豆又開始在她的耳邊叫囂，通常這種時候不使勁叫兩聲，她就渾身不舒坦。

「我哪有開玩笑？我真的不知道這小鬼到底是怎麼一回事啊，妳以為我是消防隊，十八般武藝樣樣精通啊？」依芳也叫了起來。

「那現在該怎麼辦？」林祐溪慌張地在原地團團轉。

「先離開這裡再說！」依芳想也不想地率先跑了出去，孟子軍在急忙之中又不能丟下陳寶琴不管，只能認命地再度扛起她往外跑。

其他人趕緊跟上依芳的腳步，但是一出房門，外面卻是一整排的103號保護室，綠豆慌張地打開其中一間103號保護室，赫然發現小鬼維持和方才一樣的姿勢，飄浮在半空中。

「小鬼會瞬間移動啊？」綠豆哀號著，怎麼一打開又看見同樣的畫面，她應該不至於愚蠢到又走回同一間保護室吧！

綠豆趕緊關上門，再推開另一間，結果出現的場景，甚至連小鬼飄浮的角度都一模一樣。

「搞什麼鬼？」林祐溪不信邪，也跟著推開其他房間的門。

不論推開哪一扇門，所有的景象完全沒有差別。

「不用再開了！這些房間全都是103號，也就是說，實際存在的只有一間房，這裡所有的一切都是幻覺。」依芳重重地嘆了一口氣，但臉部的表情變化不大，讓人難以猜測她現在的想法。

「現在根本沒有出口，依芳，能不能破解？」孟子軍不明白依芳為什麼不像先前一樣請神明護身，難道現在的情況還不夠危急嗎？

依芳沒有正面回答孟子軍的問題，突然指著長廊的另一端，語帶欣喜地嚷著，「那邊有一道光，只要我們能夠走到那裡，就可以脫離這個地方。」

大家一聽到終於有機會可以離開，紛紛喜上眉梢，開始使盡全力地往前方的一絲曙光奔跑，如今只要有光就有機會。

雖然那一道光在大家的視線範圍內，不過一路跑起來卻也花了好幾分鐘的時間，綠豆還不時回頭看，確定小鬼沒有追上來，但一般遇到這種情形，不是應該要跑給鬼追嗎？為什麼小鬼不追？

孟子軍背著陳寶琴奔跑本來就很吃力，加上這段路程不算短，他的腳步漸漸地落後，平時不愛運動的綠豆也是上氣不接下氣，但是為了活命，仍然咬牙苦撐。眼看光線越來越明顯，距離也不斷拉近，每個人的表情就像是活了過來，只差幾步就可以解脫。

林祐溪最賣力地往前跑，綠豆和孟子軍殿後，但一馬當先的人是依芳，隨著腳步的前進，前方一道閃著渾濁光芒的大門也越來越明顯，只差那麼一步，大家就可以衝過這扇門……

「等一下！」綠豆猛然停下腳步，一聲大喝，所有人跟著停在原地，帶著不解的眼神看著綠豆，不明白為什麼她在這種關鍵時刻喊停。

「怎麼了？」林祐溪恨不得快點離開，一秒都不想浪費，他可不希望在這一刻又出什麼岔子。

綠豆忽然瞇起眼睛，仔細地打量著依芳，小心翼翼地開口，「依芳，我記得妳的體力比我還差，通常跑沒幾步就快斷氣，為什麼今天跑了這麼遠，妳不但呼吸平順，甚至連汗都沒流一滴？依芳就算急著逃命，也不可能跑第一，妳到底是誰？」

現在到底又是什麼情形啊？林祐溪和孟子軍兩人完全搞不清楚狀況，只能錯愕地來回望著綠豆和依芳。

依芳定定地看了綠豆一眼，面帶微笑地回答，「學姐，有什麼事情可以等我們離開再說，我們就要可以走出這裡……」

「妳當我第一天認識林依芳啊？」綠豆完全不給她說話的機會，「剛剛我就覺得有點奇怪，依芳若是遇到這種事情的第一個反應，通常是指著我的鼻子大叫『妳又給我闖了什麼禍？』，不然就是會著指著孟子軍他們朝我喊『妳家開粽子店啊？為什麼帶了一捆肉粽？』。」

綠豆模仿依芳跳腳的模樣實在維妙維肖，這才是依芳正常的反應。雖然她被冠上天師傳人這個名號，不過對這種靈異事件的接受度沒那麼高，絕對不會二話不說就進入狀況，更不可能連一句牢騷都沒有。

依芳依舊盯著綠豆，臉上的微笑卻漸漸地收了起來，「叔叔說過，妳們兩個就林依芳最難搞，看起來，妳也沒我想的那麼笨！」

外表是依芳的模樣，但口中的聲音卻屬於小女孩，「原本只要踏進這一扇門，你們所有人的靈魂都會困在不屬於任何世界的空間裡面，只能永無止境地在裡面哀號哭泣，承受不見天日的折磨，就和生前的我一樣！」

林祐溪和孟子軍一見苗頭不對，相當有默契地往後退了一大步，企圖拉遠和依芳的距離，就怕掃到颱風尾。怎樣也沒想到差一點就抽不了身，兩人不禁冷汗直流，現在他們已經搞不清楚哪些是真實，哪些又是幻覺了。

不過以飆冷汗的程度來說，綠豆若是自稱第一名也絕對當之無愧，因為她剛剛竟然還跟這個假依芳擁抱！一想到這裡，綠豆渾身開始抖個不停，當下決定離開這裡的第一件事情，就是衝到廟裡面過火去晦氣。

「妳這小鬼真是超不討喜，實在有夠『盧』，完全沒辦法溝通就算了，還裝成依芳的樣子來欺騙我的感情，妳真當我是智障啊！」綠豆忍無可忍，現在不拚個你死我活，大家都沒機會活著走出去，如果倒楣一點，是連死了都離不開這裡。

綠豆衝上前就想狠狠踹她一腳，嘴裡還大叫著，「妳變成依芳的樣子『將將好』，我忍她很久了，我早想找機會打她一頓，有種妳就別閃！」

綠豆奮力一踢，卻撲了個空，她雖然踢中眼前的依芳，但她的腳卻穿過依芳的肚子，這畫面實在說不出的詭異。

幻化成依芳的小鬼一見綠豆吃驚的表情，樂不可支地哈哈大笑道：「妳在發什麼神經？我是鬼耶！妳怎可能踢得中我？只要林依芳不在，你們沒有一個人拿我有辦法。」

小鬼一說完，依芳的五官開始以漩渦的方式扭轉，周遭的景緻也變得模糊，完全看不出來自己到底身處何處。原本依芳的身形也漸漸化成先前全身蛇皮的小鬼。

「你們不上當也沒關係，反正我最喜歡玩。以前都沒人陪我，現在正好把你們當玩具，反正你們最後的下場都一樣。」小鬼充滿自信的語氣，透露著虐殺的訊息。在場所有人全都警戒地站在原地不敢移動分毫，三人不約而同對陳寶琴感到羨慕，起碼她不用清醒地面對這種精神折磨，明明始作俑者是她！

小鬼原本就非常誇張地纖瘦，四肢可以直接當鼓棒使用，但這一刻卻像是吹氣球一樣全身膨脹，一張開嘴，竟然和蛇一樣地分岔舌頭，上排牙齒也長出兩顆尖牙，看上去像蛇不蛇、鬼不鬼的妖怪。

然而，驚嚇指數高達喜馬拉雅山巔峰的一幕，是從小鬼的七孔裡面鑽出數十條蛇，不間斷地往外爬，簡直就像脫韁野馬一樣四處亂竄。

「怎麼它身體小小一個，裡面有這麼多蛇？陳寶琴在它生前到底餵它吃什麼東西啊？」綠豆看見成群的蛇在地面上滑行，渾身都開始癢了起來，腦袋沒辦法控制地想像蛇群爬滿自己身體的畫面。光是這種發揮想像力的自我折磨，就可以讓綠豆周身的血液差點停滯不動。

蛇群一隻接著一隻竄出，小鬼體內的蛇源源不絕，每一隻都像趕火車一樣地急促，像是被硬擠出小鬼的身體。不到一分鐘的光景，小鬼就像落座在花園裡面的噴水池，只是噴出來的是滿坑滿谷的蛇。

「就算是好萊塢的特效場面，也沒辦法這麼浩大吧?!」孟子軍節節後退，看著四周的空隙全都被蛇填滿。當自己被困在一間密室，密室卻是由蛇群所組成，光是想像都令人手腳發軟，何況現在還身歷其境。

蛇群開始聚集，紛紛朝他們的方向移動，仔細一看，每一隻都是足以置人於死的毒蛇。雖然他們現在離醫院很近，不過咫尺天涯啊，哪來得及救命？

三人不斷地往後退，希望能將距離拉多遠就多遠。林祐溪除了臉帶驚恐地退縮之外，還不斷自我建設，拚了命地安慰自己，甚至連以前學的催眠都派上用場，但他的催眠術都不見得能成功催眠別人，何況是催眠自己。

「哇——」身為精神科的權威醫師，再也承受不住壓力而崩潰大哭。原先以為自己只不過做了一場惡夢，但這場夢卻有可能永遠不會醒了，怎麼能叫他不絕望？

林祐溪的哭聲實在驚天地、泣鬼神，孟子軍和綠豆一邊忙著跳腳，還受到不小的驚嚇。

「男子漢寧願流血也不流淚，一個大男人，你哭什麼哭？」孟子軍平時最看不慣懦弱的行為，雖然蛇群已經快到腳邊，自己也沒地方躲，但眉頭卻是皺也不皺一下。現在隔壁的男人卻輸一名女子，看他涕淚滂沱的模樣，像什麼話？

「我能不哭嗎？我明天有一件很重要的事，非趕去不可！看樣子我是趕不到了！」實在很難相信平時總是擺著一副嚴肅臉孔的林祐溪會哭得像個孩子。

「現在都是火燒屁股的時候，能不能過完今天都是未知數，你還在想明天的事？」如果綠豆不是急需自己的雙腳蹦蹦跳，她超想在林祐溪的身上掛上一串腳印，「到底有什麼事情這麼重要？」

「我趕著去參加婚禮！」林祐溪抽泣著說。

「什麼婚禮非去參加不可？這到底有什麼重要？誰的婚禮你非去不可？」孟子軍已經氣到快得內傷了。

「我的！」林祐溪再次放聲大哭，「我的婚禮啦！」

綠豆和孟子軍的臉就像剛被榨完果汁的檸檬，皺成一團久久說不出話，應該說，不知道該接什麼安慰詞才好。

「對方是我苦追三年才追到的對象，好不容易終於答應嫁給我，現在我竟然被困在這邊，就算我死了也沒有臉回去面對她。」現在四周沒有牆，不然他真的很想衝上去撞一下。

他懊惱自己為什麼不乖乖聽話，待在家裡當準新郎就好，只因為擔心之後一連串的蜜月假期會延誤到病患的病情，特地在前一晚加班做好移交工作，怎知道會遇到今天這場意外？

「你要結婚了？你幹嘛結婚還要偷偷摸摸？大家都不知道耶！」綠豆一臉詫異，他連結婚都這麼低調，果然符合他的作風，但詫異的真正原因是懷疑有誰會想嫁給這個怪咖？

「這是我的家務事，為什麼要四處宣揚？而且現在我都出不去了，哪來的結婚？」林祐溪想到可愛的嬌妻，又是一陣悲從中來，忍不住失控地跌坐在地，忘情地大哭，連逃都不想逃，呈現徹底放棄的狀態。

這下子，綠豆和孟子軍滿腹愧疚。雖然林祐溪做人龜毛，原則又一大堆，不過結婚是人生一件大事，總不能讓新娘等不到新郎吧！

「一定會有辦法！一定有！」綠豆古道熱腸地衝到林祐溪的位置，出於補償心態地幫忙踢開靠近他的毒蛇，一邊急著跟孟子軍使眼色。

孟子軍只能無奈地搖著頭，現在絞盡腦汁也擠不出一個好辦法。

毒蛇越來越多，眼看他們已經被逼到盡頭，大約在三十秒就會被毒蛇爬滿全身。小鬼不想錯過痛苦慘叫的精采畫面，停了下來，嘻嘻笑了兩聲，「好玩嗎？有了這條項鍊，果真什麼都不一樣了。」小鬼故意拿起白玉玉珮在他們的面前炫耀，一臉得意，就像惡作劇得逞似地笑著。

這時，孟子軍顧不得肩上的陳寶琴，立即掏出隨身攜帶的手槍，槍口對準小鬼，嘴裡卻對著林祐溪說：「你放心，我就算拚了命，也絕對會想辦法讓你趕上婚禮。」

林祐溪的婚禮激起他的滿腔鬥志，就算他不喜歡林祐溪的個性，但也不能讓新娘在婚禮上成為笑話。

小鬼一看到孟子軍手上的槍，先是愣了一晌，隨即目中無人地大笑，「我說你們根本就碰不到我，以為拿手槍很了不起？我一點都不怕！」

孟子軍仔細地瞄準目標，並未因為小鬼的一番話而退縮，看他認真的模樣，綠豆在旁卻是心急如焚，不懂現在他到底在玩什麼花樣。

機會只有一次，這回絕對不能失手！孟子軍不斷地告訴自己，目標很小，卻是唯一的機會。

「我的確碰不到妳，不過我記得那條項鍊是實體。」孟子軍才說完，槍聲響起，掛在小鬼身上的白玉玉珮瞬間被打得粉碎，小鬼驚嚇的表情瞬間定格，它高估自己的力量，反而暴露了弱點。

「你……怎麼……可以……我的靈體都奉獻給……這塊玉……」小鬼的聲音變得斷斷續續，直到和形體一起消失，唯一留下的，只有那灑了一地的白玉碎片。

小鬼消失的瞬間，蛇群也跟著不見，整個空間頓時乾淨清爽，而且有點眼熟。

這裡不就是精神科的庭院嗎？雖然庭院的光線微弱，但足以辨識，怎麼場景換得這麼快？

「孟子軍，你怎麼會想到這一招？」綠豆滿臉崇拜，原本以為沒有依芳，這下子真的要和自己往生的親友吃團圓飯了，沒想到最後一刻還是有驚無險地脫困了。

「我也只是賭運氣，我想那條項鍊對它很重要，沒想瞎貓碰到死耗子，正好它的靈體也在項鍊裡，剛好一舉殲滅。」孟子軍同樣喜出望外，看著還呆坐在地的林祐溪，趕緊上前推了他一把。

「喂！你是明天要當新郎的人，別一臉痴呆的模樣到婚禮會場！」

「我們真的出來了？我沒在作夢？」林祐溪不信邪地掐了自己一把，疼痛感刺激著他的神經，讓他徹底相信自己確實是清醒狀態。

「林醫師，既然我們都知道你明天結婚，我們要去喝喜酒。」綠豆一臉笑嘻嘻，直到現在她才有辦法敞開心胸地笑開懷。

林祐溪點頭如搗蒜，「那是一定！我還要請你們坐主桌，感謝你們救我一條命。」他看起來好像又紅了眼眶，只是這會兒是喜極而泣。

「對了，陳寶琴呢？」三人一時高興過了頭，忘記還有另外一個人。

陳寶琴怎可能就這樣消失不見？照理說她應該和他們一樣出現在這裡才對啊。

三人在庭院裡面一陣摸索，人還沒找到，卻聽見一陣急促的腳步聲，由遠而近。原本模糊的黑影漸漸顯現完整的輪廓，林祐溪一看清楚對方的面貌，嚇得立刻倒退三步，臉色慘白得像是殭屍電影裡面的殭屍。

「學姐，這次妳又闖了什麼禍？」出現大家面前的，竟然是失聯已久的依芳，只見她氣喘吁吁地用兩手支撐膝蓋，感覺一口氣就快喘不上來。

「依芳，妳沒事吧？要不要喝個水？」綠豆超怕她會斷氣，但有了先前的經驗，她實在不敢再貿然上前擁抱。

依芳將手上的手機高舉在綠豆的面前，一副隨時可能說再見的語氣說著：「我一回來就看見將近兩百通的未接來電，還有五十幾通的留言，我根本連聽都聽不完，我知道妳一定又給我捅婁子，我一下車連衣服都還沒換就趕緊打聽妳到底人在哪，還好有人看見妳跑來這裡。」

聽到她的描述，綠豆這下子才放下心，因為這種說話語氣才像依芳。

「妳太慢回來了，事情已經處理好了。妳到底是怎麼一回事？這兩天都聯絡不上，簡直快急死我了！」

「我忘記帶充電器。」依芳尷尬地抓抓頭，她在某些細節上不怎麼細心，一回到宿舍，第一件事情就是趕緊充電，只是當下看到這麼多通話紀錄，心底就猜測一定又是綠豆出狀況了。

「到底是怎麼一回事？」依芳不小心看見林祐溪用一種相當驚恐的表情盯著她，害她渾身都不舒服。

「等晚一點我再詳細跟妳解釋，現在趕快幫我們找人，我們裡面還少一個。」綠豆轉過身展開搜索行動。

依芳沒好氣地翻翻白眼，一邊翻著庭院裡面的樹叢，一邊嚷著：「妳家開粽子店啊？這次竟然還帶了一串肉粽？妳到底讓多少人捲進……唉唷！」

依芳叫了一聲，腳絆到地面上的物體，仔細一看，竟然是個女人。

「是這個人嗎？」依芳指著地上的女人，出自職業本能，先確定頸動脈是否還有跳動，「還有脈搏，要不要先送進病房裡面治療！」

依芳說完一抬頭，發現其他三人的表情相當複雜，感覺有種難以啟齒的掙扎。

「她是我當護士這麼久，真的不想救，但又不能昧著良心不救的病患。」綠豆悠悠吐出語重心長的肺腑之言。

兩邊的孟子軍和林祐溪也相當認同地點頭，以目前的狀況看來，一切都死無對證，不論被害者或加害者都已經遇害，唯一剩下的只有神智混亂的陳寶琴，以她的精神狀況而言，就算真的被判刑，也會因為她的精神狀況而減刑。

「就算她因為精神疾病不用坐牢，但也飽受喪女之苦和精神上的折磨，這比實質的刑罰還要來得痛苦，我想她早就在服刑了。」孟子軍語重心長。

三人沉重地看著依舊昏睡的陳寶琴，等她醒過來之後，又將重新面對內心的折磨。

雖然大家感慨萬千，但林祐溪仍盡責地將陳寶琴帶回精神科治療，孟子軍則是回頭找尋不知遺落在哪個角落的皮夾，這一齣鬧劇就在這個沒有月亮的夜晚悲壯地落幕了。

看著回復一片寂靜的庭院，實在很難想像前一刻還在這裡出生入死，綠豆悠悠嘆一口氣。現在小鬼已經魂飛魄散，陳寶琴也發瘋，整件事情雖然告一個段落，但這件事的背後，還有另外一個謎團，那個神祕人到底是不是針對她和依芳仍然是未知數。

看著仍然狀況外的依芳，綠豆心底有種說不出的鬱悶。整件事情的來龍去脈應該怎麼說清楚？若是再次提到周火旺，真不知道依芳會是什麼表情。

「學姐，妳今天不是要上班嗎？」依芳打破綠豆難得的思考時間，指著手表上已經超過凌晨十二點的指針。

「啊——」綠豆突然抱著頭哀號起來，她完全忘記今天要上班，只怕護理長已經準備好藤條等著她大駕光臨。

綠豆哪還有時間胡思亂想，護理長的恐怖程度絕對不輸給當今世上任何一隻惡鬼，若想活命，一樣要分秒必爭！

綠豆當下只能拔腿奔向無盡的黑夜，直到身影消失在黑幕中。

——《怪談病院 PANIC! 04》完

高寶書版集團
gobooks.com.tw

輕世代 FW282
怪談病院PANIC! 04

作　者　小丑魚
繪　者　炬太郎
編　輯　林思妤
校　對　任芸慧
美術編輯　彭裕芳
排　版　彭立瑋

發行人　朱凱蕾
出　版　英屬維京群島商高寶國際有限公司臺灣分公司
Global Group Holdings, Ltd.
地　址　臺北市內湖區洲子街88號3樓
網　址　www.gobooks.com.tw
電　話　(02) 27992788
電　郵　readers@gobooks.com.tw（讀者服務部）
pr@gobooks.com.tw（公關諮詢部）
傳　真　出版部　(02) 27990909　行銷部 (02) 27993088
郵政劃撥　50404557
戶　名　三日月書版股份有限公司
發　行　三日月書版股份有限公司/Printed in Taiwan
初版日期　2018年8月

國家圖書館出版品預行編目(CIP)資料

怪談病院PANIC! / 小丑魚著.-- 初版. -- 臺北市：高寶國際, 2018.08-
冊；　公分. --

ISBN 978-986-361-566-8(第4冊：平裝)

857.7　　107004300

◎凡本著作任何圖片、文字及其他內容，未經本公司同意授權者，均不得擅自重製、仿製或以其他方法加以侵害，如一經查獲，必定追究到底，絕不寬貸。

◎版權所有　翻印必究◎

三日月書版

三日月書版

GOBOOKS
& SITAK
GROUP©

GOBOOKS
& SITAK
GROUP©